CHIARA CIODAROT

TEMPOS DE *Liberdade*

ubook ubk Publishing House

ubook ubk Publishing House

COORDENAÇÃO Alessandra Brito
EDIÇÃO Nikita Sigrist
REVISÃO Eduarda Rimi e Brenda Yoshioka
CAPA E PROJETO GRÁFICO Clarissa Duarte
IMAGENS DE CAPA Wikimedia Commons
Alberto Henschel (Coleção Gilberto Ferrez) - Instituto Moreira Salles
mysondanube; Dmitroscope; paladin13; yuriz | iStock
IMAGENS DO MIOLO Cannasue | iStock
Frame Art; Morphart Creation | Shutterstock

Dados Internacionais de Catalogação na Publicação (CIP)
(Câmara Brasileira do Livro, SP, Brasil)

Ciodarot, Chiara
Tempos de liberdade / Chiara Ciodarot. – Rio de Janeiro : Ubook Editora, 2022.

ISBN 978-85-9556-323-0

1. Romance histórico brasileiro I. Título.

22-104209 CDD-869.93081

Índices para catálogo sistemático:

1. Romance histórico : Literatura brasileira 869.93081

Cibele Maria Dias - Bibliotecária - CRB-8/9427

Ubook Editora S.A
Av. das Américas, 500, Bloco 12, Salas 303/304,
Barra da Tijuca, Rio de Janeiro/RJ.
Cep.: 22.640-100
Tel.: (21) 3570-8150

Dedicado às mulheres nordestinas, a quem admiro imensamente pela força, coragem e astúcia.

O segredo da Verdade é o seguinte: não existem fatos, só existem histórias.

(João Ubaldo Ribeiro — *Viva o povo brasileiro*)

Sumário

A FILHA DE MARIA

Salvador – Fevereiro de 1822

É no vazio da Morte que se erigem os heróis. Aos mártires, no entanto, restam a sagração religiosa, a provocação da Fé e a beleza da sacralidade simbolizada pela retidão de espírito, pela passividade dos atos em face ao perigo iminente da Morte. Quando diante do magote de soldados portugueses, a sóror Joana Angélica não tinha esses conceitos tão bem arraigados em seu peito, e sim uma baioneta a qual nem ela, nem qualquer um que ousasse antever aquele dia de 20 de fevereiro de 1822 poderia imaginar ali encontrar.

O sangue que desce por seus lábios é amargo, em nada assemelhado ao sangue de Cristo, doce e de uma embriaguez que lhe havia elevado a alma, ainda menina, nos idos de 1770. Pior é o sabor da mancha vermelha que cresce, alastrando-se pela túnica de abadessa, na proporção que se esvai do corpo cansado de sessenta anos. A força, que já adejava há algum tempo, a abandona sobre o lajedo frio do convento da Lapa. Junto a si, no sangue derramado, a medalha de prata com a imagem de Nossa Senhora da Conceição, sua protetora — ou assim esperaria ser, desde que fosse a vontade de Deus.

A visão turva. Cai no abismo negro para o qual todo o corpo converge. Não encontra senão a dor que ainda queima o peito e o ar que dificilmente sai dos seus pulmões. Sabe que morre.

Escuta o ranger do portão de ferro que leva ao claustro. Era sua linha de defesa, tão bem protegida pela coragem de quem, nem mártir e nem herói, se postou diante do inimigo, de braços abertos e com a voz firme de Madre Superiora: "Para trás! Respeitem a Casa de Deus. Não passareis senão por cima do cadáver de uma mulher" — talvez tenham sido essas as suas palavras, talvez tenha sido algo mais pomposo ou épico a ser gravado nas linhas dos cronistas e historiadores; ainda assim, não foi o suficiente para abrandar o coração dos soldados portugueses. Desde o dia anterior, as tropas estavam nas ruas de Salvador. Haviam tentado invadir o forte São Pedro, tomado pela soldadesca do brigadeiro Freitas Guimarães, deposto do cargo de Governador das Armas pelas Cortes Portuguesas e substituído pelo General Madeira de Melo.

Aquém da História que vai se traçando, sem dela se saber parte, pois pouco ou nada disso importa, Joana Angélica se mantivera firme. A História tampouco gravou o que teria dito aos soldados armados, pois as palavras caíram com ela, inúteis perante o que deveriam fazer: impedir a invasão do claustro, onde diversas freiras se refugiavam, por entre preces, lágrimas e lamentos, aumentados à medida que a porta do convento cedia às machadadas dos soldados. *Sed libera nos a malo* ecoava em suplício, reforçado pelo silêncio diante da porta derrubada. "Mata! Mata e avança!", gritavam as vozes masculinas que sobrepunham à da sóror Joana Angélica.

Há quem diga que estavam embriagados pela mais cruel das sevícias, há quem diga que haviam sido avistados militares do regimento de Freitas Guimarães atirando contra os soldados lusitanos após terem fugido do forte São Pedro usando cordas e lençóis para descer no fosso. As chaves de São Pedro abrem mais portas do que as dos Céus, tanto que há aqueles que têm certeza — como se tem de que depois da vida vem a morte — de que, ao saltarem no fosso, os tais combatentes, capitaneados pelo cirurgião do Regimento de Caçadores, um tal de Sabino — mulato de olhos claros, assassino da esposa em favor de seu amante —, teriam sido levados até o Recôncavo com a ideia de se reagruparem e, no adiantado da História, criado a base para a revolta que ganharia o seu nome, quinze anos depois.

Certo é que Joana Angélica está morta sobre o lajedo do convento da Lapa e sepultada pela História como mártir sem pretender sê-lo.

Maria Quitéria

UM TAL SOLDADO MEDEIROS

Vila de Cachoeira – Setembro de 1822

— Nome!

É a terceira vez que o oficial pede o seu nome, já à beira da impaciência. O sol quente do meio-dia tira dele, por debaixo do quepe azulado, gotas de suor que vão escorrendo para dentro da gola apertada do uniforme, o que também vai limpando toda boa conduta que lhe seria esperada.

Tal como mariposa atraída pelo brilho dos botões dourados da farda, Maria se esquece do que foi fazer ali. Seus olhos descem pela farda, acariciando-a, desejando poder vesti-la, e em pouco mais se depara com a lista dos nomes dos voluntários. Não sabe de guerra, nunca esteve numa, mas atira muito bem; aprendeu de criança ainda, pronta para defender a fazenda, se necessário. É comum às mulheres do interior, as que não têm muita opção.

— Não aceitamos surdos, por mais que precisemos de contingente. — O oficial gesticula para que se vá e chama o voluntário seguinte.

Não se mexe. Não sairá dali de outro modo senão alistada. Não quer honra ou glória, sequer desafiar seu lugar na sociedade — nem sabe o que é isso; quer defender, quer lutar por um regente que nem conhece a aparência, mas que sabe ser bom e isso lhe basta. Bondade e Maldade regem as ideias e, para viver, é o que lhe basta. Sem questionamentos, sem relativizações — outra palavra que desconhece, arrancada do seu dicionário pessoal pelo pai diante do primeiro sinal de que ela poderia vir a descobrir o significado.

Pense, Maria, pense!

— Próximo!

O cheiro de pólvora cresce no peito. Solta o ar como se tivesse puxado o gatilho:

— Medeiros! Me chamo Medeiros. Pedro Medeiros. Filho de José Carneiro de Medeiros.

O olhar do oficial não esconde a curiosidade. Talvez tenha sido o tom de voz que, na pressa de não ser dispensada, havia esquecido de modular tal como Teresa havia recomendado.

Numa análise mais atenta, se não fosse pela ansiedade, teria reparado que o oficial calculava o quanto aquele rapazote magro, pequeno e de cabelos negríssimos conseguiria sobreviver a uma batalha. É preciso montar um exército às pressas; escolhas não podem ser feitas. Agricultores, escravos, índios — aceita-se o que tem, o que pode. São necessários muitos homens para ficar em pé de igualdade com as forças de Portugal, mais bem armadas e treinadas. O grande general de Napoleão, o francês Pierre Labatut, já está a caminho e não há mais retorno senão as voltas que a vida dá.

Cavalo dado não se olha os dentes, confirma a sabedoria popular. Anota o nome do rapaz numa folha de papel e lhe entrega.

— Artilharia, soldado Medeiros. — É tudo o que lhe diz e entrega um pedaço de papel. Com a ponta da pena, indica que se dirija a um casario, onde serão entregues o fardamento e as instruções.

Está feito. A sensação é a mesma após o tiro, diante da presa caída no sangue derramado, à cata do ar que os pulmões não mais abastecem, e com o olhar pregado na Morte.

O tal soldado Medeiros atravessa a praça matriz com alguma rapidez. Tem medo de ser avistada. Às sextas seu pai vem vender algodão e carne, o que se faz ainda mais necessário em tempos de guerra. Se a encontrar, é certo que a puxará pelos braços, já que não há mais cabelos longos, e gritará o quão ingrata é, ou lhe conduzirá à carroça sob o açoite de uma boa vara de boi.

Na rapidez do passo, quase tropeça num pedaço de cantaria lascado pela canhoneira portuguesa que, há dois meses, havia atirado contra a vila. Foi revanche contra uma reunião na Câmara, em que havia sido decidido pelo reconhecimento da autoridade do Príncipe Regente D. Pedro. O povo saía da igreja, ainda velando nos lábios e nos ouvidos o *Te Deum*, quando tiros foram disparados. Uma vítima se fez: o tambor Soledade. Naquele dia, o jovem negro havia cantado no coro, feliz por ter sido convidado pela primeira vez. Só não tinha como adivinhar que ali entregaria sua alma a Deus.

Foram três dias de tiros, todos marcados no branco dos casarios coloniais, até que uma flotilha de canoas e barcos, com os moradores armados de espingardas e com o velho canhão da vila, cercou a canhoneira portuguesa. Não houve luta. Os marinheiros portugueses, que passavam fome diante da resistência do vilarejo, se renderam.

Se o soldado Medeiros tivesse qualquer dom de prever o futuro — ou saber o que havia acontecido —, teria encontrado ali como seria vencida aquela guerra, pois é nos entremeados das histórias que se faz História.

Maria Leopoldina

QUIS FICAR NO SEU BRASIL

Rio de Janeiro – Janeiro de 1822

"O príncipe está mais bem disposto com relação aos brasileiros do que eu esperava, mas não tão positivamente decidido quanto eu desejaria", ela não havia mentido em sua carta a Schäffer. Até alguns dias atrás, Pedro ainda não havia se decidido quanto à sua situação no Brasil e, de repente, numa viração de tempo, daquelas que não se tem previsão, e que parece ser comum ao esposo, o Príncipe Regente decidiu permanecer no Brasil, contrariando as ordens das Cortes Portuguesas. Dava para imaginar o terremoto que essa decisão levantaria em Lisboa, o que poderia ser particularmente perigoso, não tanto para o seu sogro, o Rei de Portugal, cujas ordens — que são desordens no Brasil — vêm das bocas das Cortes, mas sim para o próprio Brasil, com ameaças constantes e ordens que condenariam um reino acostumado à

Liberdade desde 1808 a voltar aos grilhões pesados de Colônia. Um tanto contraditório, supõe-se, para quem vive da Escravidão.

Leopoldina para de apertar o leque entre os dedos e se abana.

O suor brota de seu corpo, molhando o vestido de tecido claro e leve, correndo por sua pele alva e bochechas avermelhadas pelo ar quente do verão. Piora a sua condição de mulher grávida. Carrega no ventre seu quarto filho. Gostaria que fosse outro menino. Após a morte do pequeno D. Miguel, teme pela saúde frágil do infante, João Carlos — teme que a Maldição dos Braganças seja real. Não sabe o quanto é lenda ou verdade. Sua criação lógica a impede de acreditar, mas os fatos são fortes para contribuir com o mito: nenhum primogênito varão chegará ao trono. D. Teodósio morreu aos dezenove anos e deixou a coroa ao seu irmão, D. Afonso VI. D. João V herdou a coroa do irmão mais velho, também chamado João. D. Pedro, filho de D. João V, também não resistiu à maldição. D. José, irmão mais velho de seu sogro, também foi vítima, assim como D. Francisco Antônio, morto aos seis anos de idade, que legou ao seu marido Pedro o futuro da coroa portuguesa. Nem mesmo as visitas anuais aos mosteiros franciscanos feitas pelos sogros apaziguaram a maldição lançada por um frade, agredido pelo então rei D. João IV. Não, ela não entende de maldições, por demais crente a Deus e aos princípios naturais que tanto lhe fascinam.

É triste se ver isolada de conversas instigantes e espera que o mesmo não se dê com seus filhos, embora que lhe pareça ainda mais distante a possibilidade de um dia poder voltar a ver seus familiares ou de se juntar nas representações teatrais — parte da pedagogia dos Habsburgos desde o século XVII. Não é mais a arquiduquesa do Império Austro-Húngaro, é uma princesa de Portugal e do Brasil.

O leque ganha velocidade.

É lastimável o seu estado. Pedro havia dito que não era preciso acompanhá-lo, ainda mais diante do rumor do sequestro do casal real.

No entanto, ela fez questão de estar ao seu lado, como sua amiga e amante.

De canto de olhos pode ver o semblante do marido, iluminado pelo jogo de luzes teatrais. Ainda lhe faz pulsar mais forte, como no dia em que tomou nas mãos o pequeno retrato rodeado de brilhantes, entregue pelo Marquês de Marialva. Nem a varíola contraída na infância, que havia deixado algumas marcas no rosto forte e viril, fazia-o menos belo aos olhos límpidos da esposa. Os fartos cabelos escuros, tão rebeldes quanto seu espírito, as suíças largas se fechando no bigode sobre os lábios espessos e bem-delineados. Intermináveis haviam sido as noites de núpcias e fora preciso que pedissem ao príncipe português que deixasse a esposa dormir, ainda que por algumas horas. E, mais uma vez, em cinco anos de casamento, leva em seu ventre outro fruto daquela entrega. Antes não poderia ter se imaginado apaixonada, não após ver sua irmã predileta, Maria Luísa, entregue a Napoleão. O que é a sina das mulheres senão obedecer aos pais e maridos? Não é romântica e havia sido criada para se casar. Porém, a possibilidade de conhecer os trópicos, de pesquisar uma nova flora e fauna e descobrir novos minerais a havia entusiasmado tanto quanto o retrato do príncipe português. É alguma alma de aventureira que lhe encarna e na qual se sentia confortável, mais do que no seu próprio corpo, grande, pálido e sem qualquer beleza. Pedro não a faz se sentir feia, pelo contrário, a ternura com que ele a pega nos braços e os beijos cálidos fazem derreter os mais frios propósitos e lembrar que, no lugar de uma pedra a ser lapidada, pulsa um coração.

Não mais lhe importa o que acontece no palco. Sua cabeça está zunindo com o abafamento do Teatro São João. Tem um bom tamanho e é confortável, mas o percebe fechado e escuro, parcamente iluminado por velas cujas ceras já entranharam no madeirame necessitado de reparos. Leopoldina não entende metade do que os atores estão falando ou cantando. Nem quando os violinistas espanhóis, os Rosquellas, tocam Rossini ela parece compreender.

Agita o leque no abano.

Quanto a Pedro, algo lhe chama, atraindo-o à pantomima, quase a fazê-lo se atirar da sacada real. Está debruçado em si, os olhos castanhos fixos, a mão sobre os joelhos, dedilhando a melodia. É inegável a sua alma artística, que teria sido uma feliz aquisição para as representações imperiais nos jardins de Luxemburgo. Pedro toca o trombone, a flauta, o fagote, o violino, a viola espanhola e tem uma voz bem timbrada de baixo. Quando diante dele, Leopoldina arrepende-se de não ter sido mais dedicada às aulas de piano do mestre Kozeluch.

Os cortesãos, os poucos que ainda restam na cidade, que não se foram com D. João VI, entendem a apreciação do príncipe como um gesto de quem ama música, e Leopoldina assim também o prefere interpretar. Da mesma maneira que o fez durante as constantes visitas e almoços com o General Avilez e sua bela esposa. Se havia influenciado Pedro junto a outros para que enviasse o general de volta a Portugal, fora mais por motivos femininos do que políticos — algo que esconde de si mesma, por detrás do leque nervoso.

O príncipe é chamado para fora do camarote. Leopoldina aguarda o retorno e o leque se faz mais veloz. Não sabe como, mas alguém lhe confidencia, ao pé do ouvido, que grupos de vinte a trinta homens, todos soldados portugueses, estão soltos pelas ruas, quebrando janelas e assustando os passantes. Ao que parece, pelas cabeças viradas para o seu camarote e pela movimentação incomum, outras pessoas também o souberam. O rumor se transforma em burburinho, e a ópera não é mais ouvida com clareza. Alguns espectadores levantam-se dos assentos, e a própria Leopoldina questiona o que seria o melhor a se fazer.

Antes de concluir qualquer possibilidade, Pedro retorna ao camarote e, ao notar o alvoroço que interrompe a encenação, ele ergue os braços e pede calma. Explica a situação, que nada de grave tem, e ordena que voltem a assistir à apresentação. Adianta que os soldados amotinados serão levados de volta aos quartéis e que, se todos saírem do teatro, poderão causar um tumulto desnecessário nas ruas. Pedro está tão calmo que não há quem duvide, e o público retorna aos seus lugares para que a ópera prossiga.

Pouco depois, corre à boca graúda — que de miúda há muito passou — que o General Avilez pretende sequestrar a arquiduquesa e o príncipe regente e embarcá-los à força para a Europa. Após tê-lo conhecido, Leopoldina não duvida que o faça; no entanto, diante dos olhares e dos sorrisos trocados entre a esposa do general e o Príncipe Regente, ela se questiona se o oficial gostaria mesmo de trancá-los no mesmo navio por semanas.

Pedro é informado, discretamente, por sobre o ombro, das teatralidades fora do palco. Ainda com um olhar perdido, quiçá de saudosismo do que não teve, volta-se para a esposa.

O toque de sua mão para de imediato o leque da princesa e toda ela se eriça.

Debruçado sobre o ombro dela, pergunta se ela deseja voltar ao Paço de São Cristóvão. Os mexericos em torno do sequestro aumentam e ele teme que possam ser verdade.

— Não! — O seu tom é tão alto e furioso que rostos se voltam para eles, fazendo-se plateia para os eventos privados.

Com uma bravura que não é novidade a Pedro, Leopoldina pede que fique ao seu lado até o final da apresentação. Não quer que pensem que eles têm medo.

Tomando a mão dela, o príncipe a aperta e dá-lhe um beijo sobre as luvas. Enxerga com gosto a valentia dos Habsburgos. Ainda assim, é ele quem decide e, ao final da ópera, após homenagens prestadas ao casal real que decidiu ficar no Brasil contrariando qualquer ordem, ela descobre que será conduzida para a fazenda de Santa Cruz, juntamente com os filhos. Pedro teme que seja verdadeiro o rumor do sequestro e, ao menos, o casal separado dificultaria o processo.

O que ela pode fazer senão abaixar a testa para receber um beijo de despedida de Pedro, em obediência ao marido?

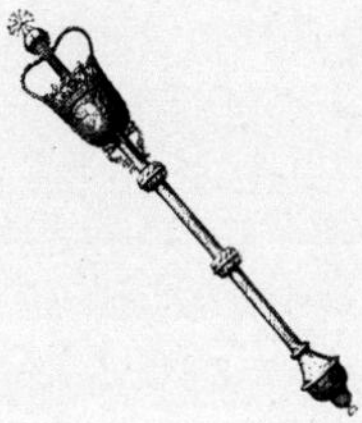

Maria Quitéria

NOS CRUZAMENTOS DA VIDA

Vila de Cachoeira – Setembro de 1822

Ao pisar na venda que havia sido ocupada para dar registro e entrega do armamento e roupas aos voluntários, o furriel João José Luís de imediato põe os olhos sobre aquele rapaz de camisa puída, casaca virada, muito maior do que o corpo que se esconde debaixo dela. No meio de tanto homem, de tanta gente, do vozerio alto e das atribulações e dos gestos pesados, nota algo em suas feições que não são varonis. O nariz fino, os lábios bem-marcados, mãos pequenas, mais atributos femininos do que masculinos; parecia um jovem que mal chegara à puberdade. O acanhado rapaz se aproxima e entrega o papel da sua posição a outro soldado. Parece que tudo ao seu redor o constrange, ainda que esteja visivelmente agitado, esfregando a palma das mãos nas calças duas vezes o seu tamanho.

João José larga a anotação das provisões e ele próprio decide atender o rapaz. Já pode imaginar que ali há algum engano. Quando pergunta em que lugar foi colocado e escuta, numa voz fina, quase um miado de gato, que é na Artilharia, questiona se essa posição seria mesmo a melhor. Duvida que o jovem consiga levantar uma bala de canhão, ainda mais armar um. Na confusão em que tudo está, não há de se espantar com quaisquer ordens. Seu serviço é simples: passar fardamento, arma e instruções e fazer a contagem dos víveres. E nem poderia querer mais. Ele, que era um simples lavrador que sabia ler e escrever graças à teimosia de sua mãe, mulher de estudos, fugida para se casar com um índio, a quem havia conhecido em uma dessas emboscadas da vida.

Com um olhar rápido e criterioso, avalia as medidas do soldado. O rapaz estremece e cora. João José nunca viu homem corar. Afasta-se para buscar parte do equipamento, ele mesmo confuso com o calor que sentiu. Não gosta de homem, do contrário, sempre teve mulher, desde os doze anos, quando foi iniciado na arte do amor pelo pai. Não saíram da casa de Luzia Trepadeira sem que o menino tivesse certeza do que fazer, sem erros, e nunca mais fosse buscar coqueiros ou cabras para se fazer mais homem.

Ao entregar o material, percebe que os olhos de azeviche do rapaz se enchem de lágrimas.

Não, o soldado não chora. Abre um sorriso e todo o rosto ilumina e enternece. Deve haver algum engano. Para quem viu tantos soldados, aquele não parece igual aos demais.

João José é chamado por seu superior. Está afastado, mas os olhos não largam do rapaz, que acaricia os botões dourados da farda e os detalhes da espada-baioneta. Ele não se despe ali, como os outros. Sai da venda e dos olhos do furriel. Eles se cruzam depois, nas emboscadas previstas por Luzia Trepadeira — que tinha o dom de ler os cruzamentos das mãos de João José.

A primeira etapa fora conquistada. Registrada como soldado Medeiros, Maria havia apaziguado parte do coração. E, se antes estava determinada a burlar o que fosse para lutar pelo que acreditava, agora era ainda mais patente a sua vontade.

Soldado Medeiros. Preferia levar o nome de seu pai: Almeida. Não pôde. Chamaria atenção. Todos conhecem Gonçalo Almeida e poderiam avisá-lo. Não. Tem que seguir o seu caminho, não o traçado por ele, nem o cavado por sua madrasta.

É em um desses cruzamentos que a vida causa que Maria, agora soldado Medeiros, vai se deparar, em seu caminho, com Gabriel. Não há como confundi-lo com qualquer outro. Poucos no Recôncavo possuem os cabelos vermelhos e olhos azuis dos holandeses e a cor trigueira dos portugueses. A pele, acostumada ao sol abrasador, é quente e bem esparramada pelo corpo musculoso de quem cuida da própria terra, arando, laçando e cavalgando. Se Gabriel tivesse em dinheiro metade da sua beleza, seria um bom investimento para qualquer família que se preze. No entanto, o belo moço mora num sítio miúdo, próximo à Cachoeira, onde tem uma plantação de subsistência e cria algum gado. Tem dois ou três escravos que lhe ajudam nos afazeres — comenta-se que dividem a mesa e, no caso da escrava, a cama. Há quem diga que não são seus escravos, e sim sua família. Isso pode ter importado para Maria, mas para o soldado Medeiros não faz qualquer diferença. Maria e Medeiros não são a mesma pessoa. Ainda assim, prefere mudar de rumo para que Gabriel não a reconheça apesar das roupas masculinas e do cabelo curto. É muito tempo de convivência e pouco espaço entre as terras vizinhas para impedir uma discussão. E, pelo jeito imponente de Gabriel, que nunca aceitou ser contrariado, é possível que a ponha atravessada no ombro e a leve para casa ainda que contra a sua vontade, e sem dar caso a quem quer que seja.

Abaixa o chapéu de palha sobre o rosto e cruza a rua. Por estar de costas, não percebe um longo olhar azul de estranhamento.

Gabriel tem a impressão de que conhece aquele homem de algum lugar. Dá de ombros. Foi resolver os afazeres de sempre na vila, colher algumas novidades no bar, indispor-se com meia dúzia ao se declarar contra qualquer guerra, seja lá o motivo, e depois ir-se. E é na esquina com a praça matriz que ele vai direto para o vazio, tragado pela cacetada que lhe deram. Se era cabeça-dura demais para se alistar, iria, então, à força.

Gabriel, com pouco mais de trinta anos, não seria o primeiro da região a ser obrigado a guerrear. Nas vastidões do sertão, por entre os gerais, coronéis e capitães do mato capturavam todo homem forte e pobre que pudesse lutar e que não fosse reclamado pela família. Acorrentados pelo pescoço, ficavam sob a vigia de guardas, esperando as ordens para serem enquadrados como "voluntários" em algum batalhão.

Quando Gabriel e Medeiros se reencontrarem, ela estará voltando de uma de suas rondas e ele estará com mãos e pés algemados e uma crosta de sangue seco no canto da testa, indicando que havia sofrido castigos. As roupas dele, que já eram simples e pobres, estarão rasgadas e com marcas de sangue de quem tenta lutar e recebe chicotadas por isso. Estará sentado no meio da praça da vila, aguardando ser posicionado num pelotão, cabisbaixo pelo cansaço, mas sem qualquer indício de derrota. Pois a valentia em seu olhar se manterá até o dia de sua morte.

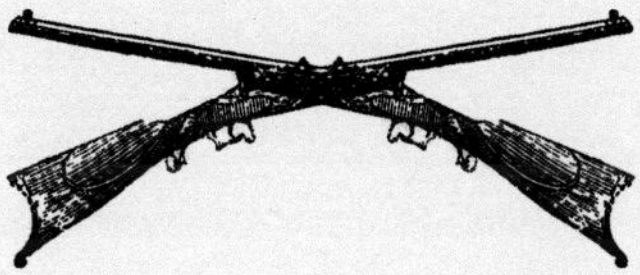

Maria Leopoldina

A MÃE GENTIL

Rio de Janeiro – Fevereiro de 1822

O calor! O calor! O calor! Não consegue pensar em outra coisa senão no abafamento dentro da carruagem em hora de sol a pino. Não há como se firmar no assento, sacolejando pelas estradas de terra e pedra, caindo de um lado ao outro da caixa de madeira, segurando a barriga e esperando que não tenha o bebê ali mesmo.

O cansaço da viagem se mistura ao do fim de gravidez e à irritação por ter sido colocada no coche ainda de madrugada arriada, sem conseguir se despedir de Pedro do jeito que gostaria. Segundo o secretário dele, Francisco Gomes, o Príncipe Regente havia sido retido por uma multidão após a ópera e levado a uma reunião de emergência junto às tropas e a um punhado de nomes que ele não conseguiu pronunciar dado o estado avançado de sua embriaguez. Talvez tenha tentado falar o nome de José Bonifácio, ou o de seu irmão Martim Francisco, expoentes do governo paulista, com quem Pedro tentava estreitar laços havia algum tempo.

A cabeça gira junto ao calor que empapa as vestes, e não há nem mesmo paisagem digna de se admirar.

Ao chegarem à fazenda Santa Cruz, outrora reduto jesuítico, Leopoldina se preocupa com os filhos que vinham na carruagem atrás, acompanhados das amas. As duas crianças estão manhosas, chorosas, esvaindo-se em suor. O pequeno Príncipe da Beira, de quase um ano, sobretudo, lhe parece mais abatido do que a irmã dois anos mais velha, D. Maria da Glória. Entende a irritação das crianças e não pode repreendê-las.

Se as últimas cinco horas de viagem foram as piores, as próximas seriam ainda mais terríveis. Abandonada, sem notícias do Rio de Janeiro e sem o apoio dos criados, que haviam debandado dos postos com medo de uma eventual guerra entre Brasil e Portugal, Leopoldina se restringe a uma solidão que vai lhe apertando o peito e sacando todas as forças, o que é agravado pelo estado do pequeno João Carlos.

A única lufada de contentamento vem com a notícia de que deveria preparar cavalos descansados para que a comitiva do sr. José Bonifácio de Andrada e Silva, que aportaria em Santa Cruz, seguisse rumo ao Rio de Janeiro. Pedro queria nomeá-lo ministro de gabinete do novo governo que tentaria montar nos próximos dias.

Embora não tenha serventia nem para despir-se sozinha, ou cozinhar a própria comida, sabe ao menos receber visitas importantes, ainda mais aquela, que teria testemunhado os últimos dias da nobreza francesa. Tão ansiosa estava para ter com quem conversar que Leopoldina não aguardou. Mandou prepararem a carruagem e ela mesma os encontraria no caminho.

Não era esperada, o que se fez visível na expressão do velho Andrada; não poderia prever também que a conversa, iniciada em francês, terminaria em alemão. O encantamento é imediato. Ambos são mineralogistas com assuntos e gostos afins. E aquela teria sido uma deliciosa conversa, após tanto tempo enclausurada, se não houvesse urgência na chegada de Andrada. A política é o assunto principal, e não há como Leopoldina deixar de mencionar quão feliz é o fato de que estarão dali por diante mais próximos. Bonifácio se surpreende e, ao invés de concordância, parece transparecer uma recusa que deixa a princesa confusa. Com a amabilidade sobreposta à astúcia de uma Habsburgo, toca de leve a manga da casaca do velho político e o aconselha, se lhe é devido aconselhar, que primeiro ouça o príncipe e depois dê a sua resposta final.

Bonifácio se despede e, junto do seu grupo, segue para o Palácio de São Cristóvão. Somente dois dias após o encontro, Leopoldina retornará e se deparará com Bonifácio, já no cargo de ministro, despachando e ordenando que as leis vindas de Portugal sejam antes submetidas à aprovação do Príncipe Regente. Seu coração pouco tempo se manterá alegre; dentro de poucos dias seu filho João Carlos falecerá.

Naquele fevereiro, a carta de Pedro ao pai será a de um filho torturado pela dor de um pai que perdeu um filho. A primeira vítima das Cortes Portuguesas. Nem herói e nem mártir, um inocente cujo Destino foi além de qualquer maldição franciscana.

Leopoldina, no entanto, nem forças terá para pensar na dor das últimas horas no leito de morte de seu anjo. Seus últimos dias de gravidez serão no resguardo da Fé e na apaziguação dos nervos, rebuliçados pela confusão no Norte do país com o assassinato de portugueses e brasileiros nas ruas de Salvador. "Morte aos europeus!", bradam os vultos de uma Revolução — semelhante, talvez, à que havia decapitado sua tia-avó Maria Antonieta.

A visita do frei Sampaio, na Quinta da Joana, dentro dos jardins do Palácio, será fundamental para que Leopoldina entenda que não basta que o Príncipe Regente forme um governo e crie uma Constituição. É preciso a independência total e irrestrita em relação a Portugal. Mas guardará tal conversa para si por algum tempo. Tanto o Brasil quanto o seu bebê têm hora certa de nascer. E será apoiada no pescoço do marido, em pé, que Maria Leopoldina dará à luz a mais uma infanta: D. Januária, a futura Princesa da Independência.

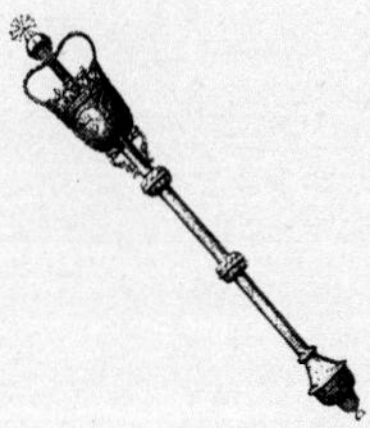

Maria Felipa

SANGUE E CAL

Salvador – Março de 1822

Maria Felipa não nasceu livre, apesar de ter vindo ao mundo tal como certa princesa, com sua mãe de cócoras agarrada ao pescoço de seu pai, gritando e tremendo de dor, parindo a vida. Ela não nasceu no chão de um palácio e nem foi pega no ato pelo médico real. Foi sobre as pedras da Baixa do Sapateiro, quando sua mãe, já passando da data de conceber, havia sido ordenada por sua sinhá que descesse as ladeiras para pegar uma encomenda. Não houve salvas de canhões em seu nome porque heroínas nunca são festejadas ao nascer, e sim ao morrer. Sua mãe também não era da realeza, nem tinha qualquer sangue nobre europeu. Era sudanesa e, como a maior parte das mulheres da sua origem, uma escrava traficada ainda nos idos do século XVIII, antes da Lei Eusébio de Queirós, de o Brasil ser Império ou Reino, de Napoleão querer vencer a própria História. A mãe de Maria Felipa trabalhava como quitandeira, vendendo as hortaliças cultivadas no sítio da família da sua sinhá, e também era conhecida como fazedora de cafuné. Não havia mulher ou criança na família da sinhá que não gostasse de um carinho. E poderia ter durado mais se a sinhá, num ato de raiva, não tivesse lhe cortado os dedos ao saber que andava acarinhando também o sinhô. Não por vontade ou por amor, mas essa parte a História apaga, pois veio muito depois do nascimento de Maria Felipa.

Quando vieram as primeiras dores do parto, a mãe de Maria Felipa soltou um urro e se agarrou à parede de um casario. Os dedos negros arrancaram a cal e da boca irrompeu um brado que fechou o céu em viração. Em pouco surgiu o pai da menina, tomando-a nos braços. Ele não era escravo, apesar da cor que lhe denunciava os antecedentes. Como aprendiz de sapateiro, ganhava alguns réis que dizia juntar para tirar a amada da casa e das mãos do sinhô. Não houve tempo. Nem para alforriá-la e nem para levá-la para dentro do estabelecimento antes da chuva cair. Foi na rua que Maria Felipa nasceu, tendo o sangue lavado pela água que vertia de cima, e, sob os protestos do sapateiro português, rugia feito raio cortando o céu pesado.

Já naquele 19 de março de 1822, anos depois do seu nascimento, não se terá visto algo igual nas apertadas e estreitadas ruas de Salvador, margeadas por artesãos e trabalhadores em suas oficinas improvisadas, com cadeiras a serem arrumadas, frutas a serem vendidas, chapéus a serem trançados, cestos de aves a serem arrematados e sarjeta a ser disputada pelos cães e pelas liteiras carregadas por pares de fortes escravos. O sangue que Maria Felipa vai encontrar, marcando a pedra dos aclives e declives, não é o seu e nem o de sua mãe. Será o do sapateiro português — aquele que aos pontapés expulsara sua mãe e ela, recém-nascida, de seu estabelecimento, mandando junto o ajudante. Naquele São José também haverá uma chuva sem igual — e não será de água. Os comerciantes portugueses sentirão a carne esfolada pela saraivada de pedras que virá do alto do morro, dos casarios, dos mais prenhes lugares. As mãos serão as dos filhos de escravos, crianças que, aos risos, farão a cruel travessura a mando dos opositores. "Morte aos europeus!" ecoará pelo Brasil, saindo das mais diversas bocas. E Maria Felipa estará lá, a assistir aquele infortúnio no mesmo lugar de onde ela e sua mãe foram expulsas, vendo o sangue de outrem escorrer pelo calçamento com o mesmo sabor salgado e frio de quem engole uma ostra inteira.

A marisqueira também irá presenciar a outra confusão dois dias depois, no mesmo lugar. Sob vaias, soldados e oficiais serão recebidos na Baixa e o sangue irá rolar. Não o português, mas o daqueles que são favoráveis ao Príncipe Regente, seu perpétuo protetor. Maria Felipa não sabe o que significa "perpétuo", palavra complicada demais para ser usada no seu dia a dia, colhendo e vendendo mariscos, mas conhece a palavra "protetor", que lhe soa bem. Tão bem quanto o abraço quente de seu protetor lusitano João das Botas, que ainda terá sua marca nessa história. Por enquanto, João das Botas é apenas um "mata-cabras" como todos os outros soldados portugueses que destroem a Baixa do Sapateiro. Como se costuma dizer, todo português nasce soldado. Maria Felipa não dá intento a ele ou a qualquer um que venha a achar que ela também é propriedade de Portugal e que pode ser tomada à força. O último que tentou teve a barba feita pela peixeira.

Em meio às vidraças e lanternas quebradas pelas espadas e baionetas, Maria Felipa andará sem rumo. Seus pés estarão calçados, pois a primeira coisa que fez ao comprar a sua alforria foi vesti-los. Sua saia rodada lhe impedirá de enxergar com clareza o caminho vacilante de seus passos. Tentará entender o que haverá acontecido. Sua cabeça ficará zunindo com a correria e confusão e o choro rangido. E quando a soldadesca, entrincheirada nos edifícios, começar a atirar, ela cairá em si. Vinda na ponta de uma trovoada, uma bala lhe tirará o sangue. Manchando novamente o chão, Maria Felipa não terá tempo de lamentar o raspão em seu braço, despertando num grito: "Morte aos europeus!"; e escutará, com algum prazer mórbido, o gemido de porco que o sapateiro português soltará ao ter o pescoço cortado por um grupo de "mata-marotos".

Os lábios por onde saem as juras de vingança de Maria Felipa serão selados pelo beijo europeu que João das Botas lhe dará logo ao conseguirem, juntos, organizar o envio de comida para as famílias que se aglomeram no Recôncavo. Salvador se tornara terra de ninguém. Os mais ricos haviam debandado e a cidade restava aos pobres, aos escravos e àqueles que não tinham como fugir. Por entre as idas e vindas das ruas mal-iluminadas, pelos corredores dos casarios e ladeiras da alta, andava o perigo dos "mata-cabras" e dos "mata-marotos" —assombrações que aterrorizavam tanto os brasileiros quanto os portugueses.

Na mesma noite em que a colaboração funcionará e os impasses serão resolvidos, a trégua será estendida nos lençóis de Maria Felipa. João das Botas porá abaixo todas as suas proteções, toda a desconfiança de portugueses, que vem de nascimento, juntamente com suas roupas. No quartinho esfumaçado e desfeito em maresia, na praia da Baleia, em Itaparica, Maria Felipa descobrirá o significado da palavra "perpétuo".

Maria Leopoldina

A MÃO MAIS PODEROSA

Rio de Janeiro – Setembro de 1822

Antes ir a cavalo para a província de São Paulo do que ter que despachar por seis horas seguidas, grávida de cinco meses. Leopoldina não tinha espírito para tais ditames administrativos. Era o seu espírito tão livre quanto o do marido — ainda que conseguisse ficar sentada para ler algum livro ou examinar algum mineral. Preferia caçadas a ficar sentado numa cadeira dura, lendo papéis e escutando os ministros e os relatos do que se passava por todos os lados do território brasileiro. Das revoltas em Montevidéu e São Luís aos confrontos entre portugueses e brasileiros nas ruas da Bahia. Havia também as saudades de Pedro, que havia ido no mês anterior para São Paulo reafirmar seu compromisso com os paulistas.

Ela estava entristecida por debaixo de uma capa de irritação, mas, como Bonifácio havia dado a entender, a confiança de Pedro nela era fundamental para o

Bem da Nação. Ele a encontrara num momento de muita fragilidade, andando pelos jardins do Paço, enquanto punha para fora o choro aprisionado pela falta de notícias do amado Pedro. Se a conversa havia sido uma jogada estratégica do velho Andrada ou não, Leopoldina se furtou a avaliar, crendo ter nele um amigo. Bonifácio era um homem já passado dos sessenta anos, tendo visto e vivido muito, ainda que escondesse toda essa vivência — mais propriamente, um fino rabo de cavalo — debaixo da casaca de ministro. Dividiam o mesmo amor pelos minerais e, ainda que fossem unidos pelo bem-estar do Brasil, eram divididos pelas singularidades de seus postos — ela era a arquiduquesa da Áustria e ele era um político, em todos os abarcamentos que esta palavra traz —, o que os impedia de uma real aproximação, ainda que sem intrigas políticas, favorecimentos e ou mesmo amores proibidos.

Não foi, no entanto, nem com Bonifácio, nem com o Frei Sampaio, cujas missas assistia na Glória, que Leopoldina viria a perceber sua posição como mulher e governante — ainda que provisória. Quando Pires Camargo trouxe a carta das senhoras baianas, juntamente com um cesto repleto de joias para ajudar na manutenção da guerra e na preparação de um exército e uma esquadra dignos de batalha, Leopoldina sentiu o seu peito se encher com aquela que seria a "única oblação que está ao alcance de nosso sexo". Não havia romantismos naquela frase dita pelo porta-voz das senhoras baianas. Havia apenas três caminhos para uma mulher — casamento, convento ou conventilho —, e quem fugisse dessa trilha estaria disposta a se perder na própria história. Por mais que o casamento tivesse sido o caminho escolhido por Leopoldina, houve o cruzamento do Poder e, como regente na ausência do marido, ela se viu obrigada a lidar com uma trilha desconhecida e pouco desbravada pelas mulheres: a do comando.

A serenidade com que aqueles corações femininos se entregaram à jovem princesa foi desfeita ao receber, no curso de poucas horas, as notícias da exigência das Cortes quanto ao retorno de Pedro e ainda o embarque de quatorze batalhões portugueses rumo ao Brasil. Também chegavam seiscentos soldados portugueses em embarcações de guerra na Bahia. Se antes era necessário o retorno de Pedro, agora era imprescindível.

Seria preciso que não somente ela, como o próprio Bonifácio escrevessem ao seu marido, conforme explicaria ao amigo:

— Ele poderia pensar que estou exagerando o estado das coisas por amizade, amor e ternura.

Não estava, ainda que o amor e ternura estivessem apertando seu peito de saudades. A falta de Pedro, encantado com a recém-conhecida Domitila de Castro Canto e Melo, atrasava as resoluções, e a demora de notícias dele piorava ainda mais. Leopoldina se viu obrigada a tomar as rédeas do Conselho de Estado e, no dia 2 de setembro, houve uma reunião após o almoço, às onze da manhã.

Com atenção, Leopoldina escuta os votos de que o povo brasileiro quer que o casal real permaneça no Brasil e que Pedro se torne o seu soberano. Ademais, começam a borbulhar pelas superfícies do Tejo os rumores de que Carlota Joaquina conspira para que Pedro seja deserdado em benefício de seu irmão Miguel.

Bonifácio, aguardando uma posição da princesa a acariciar a barriga em que mais um nobre membro é gerado, propõe, por fim, que ela escreva ao Príncipe Regente e peça que ele proclame a Independência do Brasil o quanto antes. Províncias o demandam e, se ele não o fizer, outro poderá fazê-lo.

Todo o corpo de Leopoldina se retesa e ela se esquece de respirar. Não é uma tarefa fácil a de passar à frente do marido em um gesto que deveria ser dele, muito menos a de se adiantar a um soberano. Porém, nenhum dos ministros se demonstra contra a proposta de

Bonifácio; ao que parece, todos anseiam por isso, ainda que possa levar a um derramamento de sangue — e talvez tenha sido nesta parte da reunião que o nome de Cochrane foi mencionado, mas nem ela, nem ninguém saberá dizer no futuro de quem foi a ideia.

A princesa não se mostra reticente senão pelos poucos instantes em que fica pensativa, avaliando de que maneira aquela atitude poderia destruir as bases amigáveis do seu casamento. Não tem dúvidas quanto à Independência do Brasil e ao que será o melhor para o povo brasileiro. Teme perder o amor de Pedro que é, no entanto, mais escasso a cada dia e a cada gravidez. Leopoldina sabe que nunca foi uma mulher bela, nem mesmo com os cabelos loiros e os olhos celestes, e as constantes gestações que foram deformando o seu corpo e fazendo-a menos atraente aos olhos escuros do marido. Ele não mais a deseja como antes, e isso ela sente a cada palavra áspera, o que lhe vira a alma.

Urge, entretanto, um bem-estar maior do que o seu próprio.

Tomando papel e pena, Leopoldina sanciona a deliberação, para a satisfação de todos e o bem geral. De imediato põe-se a escrever uma carta ao marido, com as habilidades de quem conhece a volatilidade temperamental de Pedro e o narcisismo que se forja de honra.

"Pedro, o Brasil está como um vulcão. Até no Paço há revolucionários. Há até mesmo portugueses revolucionários. As Cortes portuguesas ordenam vossa partida imediatamente; ameaçam-vos e humilham-vos. O Conselho de Estado vos aconselha a ficar. Meu coração de mulher e de esposa prevê desgraças se partirmos agora para Lisboa. Sabemos bem o que tem sofrido nosso país. O Rei e a Rainha de Portugal não são mais reis, não governam mais, são governados pelo despotismo das cortes que perseguem e humilham os soberanos a quem devem respeito. O Brasil será em vossas mãos um grande país. O Brasil vos quer para seu monarca. Com vosso apoio ou sem vosso apoio, ele fará sua separação. O pomo está maduro, colhei-o já, senão apodrecerá. Já dissestes aqui o que ireis fazer em São Paulo. Fazei, pois", lê ela para os conselheiros, e a carta é imediatamente elogiada.

Não tanto a carta, mas a própria regente.

Pousando a mão em seu ombro, Bonifácio troca sorrisos com Leopoldina — ainda que incertos se estariam no melhor rumo. Ele pode ver, por detrás do azul de seu olhar, que ela teme as tempestades maritais, o que já não mais importa para um velho.

Poucos dias após o momento que entrará para a História como o Grito do Ipiranga — mais um brado do que um grito, propriamente: "Dize à guarda que acabo de fazer a independência completa do Brasil. Estamos separados de Portugal" —, Pedro retornará aos braços saudosos da esposa. Não haverá sinal de rancor por parte dela quanto à falta de notícias, e ele parecerá muito cansado por ter andado por tanto tempo em uma baia gateada, repleto de poeira e lama, por íngremes estradas de tropeiros, pelas noites sem dormir nos braços de Domitila, ou pela diarreia que o perseguiu.

Estarão os primeiros imperadores do Brasil em bons termos. Por enquanto.

Quanto a Bonifácio, Leopoldina fará questão de presenteá-lo com uma fita de seda verde, retirada de seu travesseiro. É na entrega da fita, símbolo dos Braganças, que seus dedos se tocarão e o velho Andrada sentirá sua alma estremecer como se um lundu retumbasse dentro do seu peito. Eis que a frase que havia dito a um dos ministros do conselho, alguns dias antes, se faz não só mais forte dentro do mais velho dos Andradas, como ganha outro significado, esse mais terno:

— Ela deveria ser ele.

Maria Quitéria

AMOR DE SOLDADO

Vila de Cachoeira – Setembro de 1822

Havia de ser Destino — nele acreditava, tão forjado em sua mente quanto Deus. Maria tinha pleno conhecimento do seu poder de fogo, do que queria o Destino e do que queria Deus: que fizesse parte daquela guerra em prol da Liberdade. Não havia atirador com pontaria como a dela, distância que fosse, de carabina, granadeira, clavina ou pistola, fosse de pé ou no cavalo, em movimento ou agachada. Não havia talento maior que o seu a ser encontrado, e era tal que não poderia ser desperdiçado na Artilharia. Não tinha força no braço para virar o canhão, ou manusear o equipamento. Era preciso ajuda, a qual obtinha de algum companheiro de turno. Não demorou para passarem o tal soldado Medeiros para a Infantaria. Sua mira havia acertado a atenção do Major José Antônio da Silva Castro, que comandava o Batalhão de Voluntários do Príncipe D. Pedro.

O tal soldado Medeiros ganhou a farda azul com debruns amarelos e punhos e golas verde-Bragança. Era agora do Pelotão dos Periquitos e, em breve, entraria em ação. Havia, no entanto, um problema: o furriel João José Luiz.

Desde o dia em que haviam se cruzado, o furriel sentia algo incomum quando via aquele rapaz. Colhia um pouco aqui ou ali do que dissera aos outros, mas nenhuma história se definia. Era estranho, o rapaz preferia os turnos noturnos aos diurnos, dormia de roupas abotoadas até o pescoço e não aceitava dividir a bacia de água e nem se despia na frente dos outros. Estava sempre muito incomodado, muito tímido, muito carola. Se por um lado professava a privacidade, pelo outro era adepto da coragem. Em dois dias já fazia a vigília da noite, com arma em punho e uma risada tímida das piadas e casos indecorosos contados pelos outros rasos.

Ao saber que estariam no mesmo pelotão, o furriel prontificou-se a ficar próximo e, assim, saldar qualquer mistério a seu respeito. Começava a incomodar os sonhos que tinha com o companheiro, creditados à falta de mulher. O soldado Medeiros parecia uma rapariga, e isso afetava sua imaginação, era lógico. Teve de se servir de banhos frios e do calor dos seios das vivandeiras para não piorar sua situação.

Ia ao seu encontro nos horários em que o soldado Medeiros estava escalado. Ainda que não estivessem em mesma hora, fazia ronda, verificava algo, cruzava os caminhos como um jogo invisível de xadrez, avaliando, reparando e concluindo pelo jeito e trejeitos.

Também não demorou para que Medeiros notasse e tentasse escapulir quando percebia que o furriel estava em seu caminho. Os lindos olhos negros de João José, resquícios de uma avó índia, eram duas pedras brutas que caíam sobre ela, lapidavam todas as suas fortalezas, desfazendo a proteção e deixando-a desejante por aquele carvão a lhe queimar a pele debaixo da farda. Todo o cuidado era necessário. Medeiros tinha isso muito certo. Quando queria ir ao banheiro, segurava o quanto podia e, ao se afastar sem ser percebido, fazia as necessidades atrás de moita ou árvore. No caso do banho, era necessário escapar dos coletivos, ainda mais quando à soldadesca era permitido ir nadar. Ficava à margem, chupando uma cigarrilha que lhe havia sido oferecida, correndo os olhos pelos corpos masculinos que se dispunham nus diante dela. Ainda bem moça, descobrira as diferenças entre macho e fêmea. Não havia como evitar, morando numa fazenda, ainda que não cuidasse dos animais. A casa era pequena e de paredes não tão espessas quanto seu pai e madrasta gostariam. Às vezes lhe escapuliam as trocas de confidências entre as irmãs casadas e assim ia aprendendo.

Como arrumava desculpas a si mesma para ali continuar e cosia outras para não se juntar a eles, acabou sendo provocada. Um pouco antes de partirem para a primeira missão, foi pega de surpresa pelos colegas. Dois a levantaram pelos braços e outros dois agarraram suas pernas. Por mais que se debatesse, iam atirá-la na água, de farda e tudo mais, cumprindo um rito entre eles. Se não fosse o furriel João José chegar e impedir o prosseguimento, era certo que poderiam descobrir a verdadeira identidade que escondia por debaixo do uniforme — algo que João José já apreciara, em silêncio, ao cingir dos grilos, quando no ápice da dúvida.

Havia sido alguns dias antes, naquelas noites sem brisa, em que o verão se adianta junto das cigarras ao quase raiar do dia. Decidido a beber água, após se revirar nos sonhos com o colega, o furriel se levantou. Foi imediata a falta que sentiu do soldado Medeiros e decidiu procurá-lo.

Para fugir dos banhos coletivos, Maria se prontificava a afastar-se e, ainda antes do raiar da corneta, banhar-se na beira da água. Nem sempre podia entrar de corpo inteiro, contentando-se com um pano molhado esfregado nas partes mais urgentes. Poucas vezes, quando saía de alguma vigília, encontrava o local de banho vazio e, sem sinal de quem fosse, despia-se e atirava a água sobre o corpo. Era um alívio ter os seios soltos da amarração que os comprimia dentro das roupas masculinas e poder limpar-se inteira, esfregando a pele marcada de hematomas causados pelo treinamento. Como nunca havia sido vaidosa, Maria deixava que assim fosse. Havia passado da idade de se casar há muito e, por mais bonita que dissessem que era, não havia atrativo que fizesse valer desposar com alguém do agrado de seu pai.

Havia chamado a atenção de um punhado de rapazes, e a condição financeira de seu pai, a cada dia melhor, poderia permitir que ele escolhesse os melhores partidos, porém a jovem sempre se mostrava arredia. Os pretendentes ou eram velhos e ricos, ou jovens e tolos, que se achavam mais espertos do que ela por saberem ler. Seu pai proibira que Maria e suas irmãs aprendessem as letras, temendo que isso as levasse a ter ideias próprias e a questioná-lo. Talvez o sr. Gonçalo não entendesse que não se mata a curiosidade com a ignorância; pelo contrário, esta apenas alimenta aquela ainda mais.

Na proporção que os anos se assomavam, os pretendentes foram se afastando, suas irmãs bem mais novas foram se casando e as brigas com a madrasta a respeito de matrimônio foram se adensando. "Deveria ter nascido *ele*", reclamava, e uma das poucas pessoas que a recebia e a entendia era sua amiga Maria Hermenegilda.

Com o tempo, havia também se aproximado de seu vizinho, o Gabriel. Mais de uma vez os dois se viram competindo para ver quem acertava mais longe o alvo, e Maria conseguia se fazer admirada. Por mais bonito que Gabriel fosse, no entanto, queria apenas sua amizade. Já o rapaz entendia que as visitas a Rio do Peixe se resumiam a acordos com o sr. Gonçalo e a conversas sobre política — ainda mais nos idos daquele ano de 1822, com a instalação, em Cachoeira, do

Conselho Interino do Governo da Província. Diziam que estava sendo preparado um exército contra os desmandos de Salvador — o que Gonçalo preferia não opinar e ao que Gabriel se fazia contra: "Uma guerra nunca há de nos trazer benefícios". Maria, que somente podia escutar a conversa enquanto tentava bordar, não resistia: "Se me fosse permitido, eu lutaria com todas as minhas forças e mandaria Madeira de Melo de volta para Portugal a nado." Era engraçada, e Gabriel gostava do jeito despojado de Maria, mas não a levava a sério, assim como nenhum outro homem, por se tratar de moça de família abastada, rodeada de escravos e crescida para casar e ter filhos. E nada mais poderia ser acrescentado a essa narrativa, escrita antes de seu nascimento.

Não se cogitava que Maria havia perdido sua oportunidade com Gabriel. Se tratando dele, talvez, fosse um tanto melhor. Seu pai não o queria para genro, diversas vezes o tendo criticado pela falta de astúcia nos negócios: "Se fosse inteligente como é bonito, hoje seria rico." O que o sr. Gonçalo parecia não entender era que, para Gabriel, bastava o que se tinha, e ele só poderia ser mais feliz se tivesse uma esposa e filhos que amasse. Maria haveria de ser uma certeza, mas como ela nunca se mostrara inclinada a se casar, com ele ou com quem fosse, Gabriel deixou a vontade passar. Era do tipo de homem que tinha a vaidade de nunca correr atrás de uma rejeição.

Aceitando a solidão, então, como parte da própria liberdade, Maria encontrava-se em si — e era encontrada pelo olhar deliciado do furriel João José Luís, que não temia ser rejeitado.

Maria Felipa

A MARISQUEIRA

Itaparica – Setembro de 1822

O apelido do comandante já haveria de fazer terror: Trinta Diabos. Se era história de pescador não se sabia, até que, com oitenta homens, ele atacou a vila de Itaparica e danificou o Forte de São Lourenço. Que fossem Trinta Diabos, pouco parecia diante da reação. Era como se novecentos demônios tivessem sido conjurados pelo ódio a ser saldado, início da dívida que seria cobrada ainda em prestações dos portugueses.

Pela linha do horizonte, onde pendem os barcos, sacolejando ao bem das marés, vê-se o acordar do sol. Os raios avermelhados vão se espreguiçando, afastando o azul da noite e puxando a claridade do dia. É muito bonita a magia do nascer do dia como é a de dar à luz a uma vida, e Maria Felipa conhece as duas. Seu filho, assim como o dia, foi pego pela noite, e lhe restam apenas as saudades e o observar do nascer do dia em Itaparica. Desta vez, no entanto, não há beleza a ser vista. Seus olhos não têm autorização para se despregarem do horizonte. Está numa missão, a pedido de João — há dois meses as tropas portuguesas foram dadas como inimigas pelo protetor perpétuo, D. Pedro; a esta altura já sabe o significado de "perpétuo", pois João explicou-lhe.

Como marisqueira, à beira d'água, de saias levantadas ao joelho, sentada na pedra ou andando por ela, vai à caça dos mariscos a vender e das informações a repassar ao comando do Movimento de Libertação. Os olhos, mais no horizonte do que no mar, desviam-se quando lasca um pedaço do dedo ao tentar tirar, com uma faca, um incrustado da pedra. O sangue que sai vai borrando as águas cristalinas, as mesmas por onde vieram seus antepassados. Se não lhe pesam mais os grilhões é por trabalho próprio, alforria comprada junto às economias de seu pai. Trocou os balangandãs de ouro e prata, que ia juntando com o serviço de doceira, pela liberdade. Ainda sente saudade do guizo na cintura, mas não se arrepende de ter trocado o peso da prata pela chave que a libertou dos ferros da escravidão. Agora é livre, e os balangandãs servem só de memória, preenchidas pelas histórias de seu pai sobre sua mãe — já não tinha mais vida quando Maria Felipa ganhou idade o suficiente para entender o que era uma mãe.

Lambe o dedo e o seu sangue é salgado. Sangue de maré.

Traz na cintura um pedaço de chita, com o qual amarra o sangue.

Senta-se na pedra, cuidando para não escorregar no limo, e deixa os pés bebericando as águas do mar. E ali fica, com a cesta ao lado, limpando os mariscos e observando. As velas balançando dão sono, quase hipnotizantes, mas é preciso ter atenção. Para tanto, aperta o dedo, e a dor que vem a faz despertar. É preciso lutar pela liberdade.

De novo. Uma vez experimentado o seu gosto, não há de querer outro, ainda que tenha sabor de sangue e maré.

Ao sol mais forte, vai à praça vender a caça da madrugada. Grita a venda. Chama o cliente. A voz imponente também faz riso gostoso. Todos conhecem a sua risada de longe. Sabem que ali na praça está Maria Felipa Marisqueira, nascida na beira da rua, sob a tribeira do sobrado de um sapateiro, engolindo a água doce da chuva e já berrando o seu nome com voz de trovoada. Come por ali mesmo, trocando marisco por frutas, e, com um punhado, volta para o serviço. Pesca o jantar e observa as ondas do mar, o movimento dos navios, as posições das embarcações portuguesas, e, à noite, repassa o mapa, desenhando-o nas costas de João, por entre carícias de amor à liberdade que tem e que não vai perder.

Mas isso não basta. Na vastidão daquela pequena cama, por onde seus amores navegam, capitaneados por suas risadas, Maria Felipa também sonha em ser mais, fazer mais. Não quer ficar somente observando o sol nascer. Quer ela mesma fazer a noite cair em Portugal. Ela e João discutem. Mulher não é para isso. Mulher é só para amar? Mulher é terna, não luta, não serve para pegar em armas. E Maria Felipa, magoada com aquela explicação, ainda o tendo dentro de si, o expele com uma cusparada. Na sua cama e no seu corpo é ela quem manda. Assim foi antes e amanhã será também.

Ainda calçando as botas, João se vai, escorando-se nas paredes da casa de cômodos, ignorando as vozes por detrás das portas de madeira carcomida. É mais um que Maria Felipa afugenta com aquele vozeirão de trovão. O que esperar de uma filha de Santa Bárbara? Se a baía é de todos os santos, os baianos também o são.

Maria Felipa não se arrepende. Nos seus braços houve muitos homens que ela mesma desabraçou. Não é do tipo de mulher que é largada, até mesmo porque dificilmente é pescada por quem for. Nem João conseguiu, quem dirá José, ou Marcelino, ou o amásio de

Flores. Este não quer nem encontrar. É capaz de puxar a peixeira e cortar aquilo que lhe faz homem. Roubou os balangandãs da escrava Flores, vizinha de porta de Maria Felipa. A pobre hortaliceira havia conseguido em acordo com o seu sinhô. Trabalharia e viveria do seu suor. O dinheiro ganho em parte seria dado semanalmente ao sinhô, e o restante usado para comprar a alforria. O amásio de Flores, aquele desgraçado, que infelizmente sobreviveu ao ataque dos "mata-cabras" em Salvador, retornou repleto de desculpas, pondo na aguardente a culpa, e a hortaliceira o aceitou de volta. Não demorou uma semana para que viesse, com a boca cheirando a cana, tentar beijar Maria Felipa. Se não fosse por estar sem a sua peixeira, ela o teria capado. Sorte a dele por terminar só com a língua mordida e um soco no olho. Maria Felipa é grande, parruda, e sabe se defender melhor que qualquer soldado por aí — se tivesse se deparado com Trinta Diabos, muito possivelmente teria lhe arrancado os dentes.

Se Flores manteve o patife ou não, pouco interessa à Maria Felipa. O recado foi dado aos dois e, se a colega quer ser cheirada por ele, que seja colhida. Maria Felipa cansou de avisar, como também cansou de ter João vindo lhe lamber as botas, pedir para que conversassem. Ela sabe para onde essa conversa é levada. Termina por entre interjeições em meio aos lençóis que ela mesma lava no rio Jaguaribe.

E é lá, entre as lavadeiras do rio, limpando as marcas do seu amor por João, que ela tem a ideia. Divide-a com as lavadeiras, com as quitandeiras, com as carolas, por entre rezas, conversas fiadas nos afazeres diários, pela gritalhada da criançada, correndo com folha de arre-diabo na mão. Maria Felipa conversava com quaisquer mulheres que, cansadas das tentativas de ataque à ilha, quisessem deixar de ser olheiras e testemunhas para se tornarem artesãs daquela história. Em julho os portugueses já haviam sido derrotados na invasão à ilha, mas isso não os impediu de, no mês seguinte, tentarem novamente e, depois, em setembro, uma terceira vez, sacudindo a vida calma dos ilhéus. Desde então, cinco barcos lusitanos foram deixados na frente de Itaparica, os quais Maria Felipa tinha que observar para dar as coordenadas da movimentação a João.

Problema maior (até mesmo do que o de ficar vários dias sem ver ou ter notícias de João) era o avanço dos portugueses na Ponta de Manguinhos, que ganhavam espaço. Os itaparicanos se organizaram para cavar trincheiras na Costa Leste e trouxeram a artilharia do Morro de São Paulo para armar a Fortaleza de São Lourenço. A batalha de sangue era iminente, e aquelas mulheres, cujos pais, maridos e filhos sofreriam com as bolotas portuguesas, decidiram que iriam agir, e à sua maneira. Se Francisco Pereira Coutinho, o primeiro donatário de Portugal, havia sentido o peso do povo das ilhas, e o Caramuru só havia sobrevivido por astúcia, ao se casar com uma índia, era certo provar que português não põe a bota em Itaparica sem que saia descalço em um esquife.

Maria Quitéria

SOLDADO DE SAIAS

Vila de Cachoeira – Setembro de 1822

A reação do Major Silva e Castro, o Periquitão, era por si só estranha. Não estava bravo com o disfarce de Maria — ou do raso Medeiros, como queira. Do contrário! Sua amargura era com o fato do pai dela, em alto som, ter revelado a todo o acampamento que o tal soldado Medeiros era sua filha Maria Quitéria, desaparecida há algumas semanas.

Foi dito por aqui, por ali, que Maria Quitéria se apaixonara por um soldado e entrara no acampamento brasileiro, fazendo-se vivandeira. Outros a prediziam raptada por soldados portugueses. A maioria se calava diante do desespero do pai dela e do veneno da madrasta — a primeira a espalhar que a moça havia ido à tropa atrás de homem. O sr. Gonçalo não acreditava que a filha se rebaixaria a mulher de soldado, mas, ao vê-la por entre a soldadesca, limpando a arma e rindo, aquilo cresceu feito dor de perda — o que, no entanto, não o impediu de catá-la à sova, gritando para todos que filha sua não era soldado, às raias do ultraje.

Desde o dia em que ela sumira de casa, seu pai havia de bater de porta em porta atrás da filha mais velha, implorando à Santa Quitéria que o ajudasse. Em meio ao desespero, aos vaivéns entre as vilas das redondezas, sob os temores de que sua esposa, Maria Rosa, estivesse certa — e que sua filha Maria tivesse caído em desgraça —, ele achou ter visto a moça, ou alguém muito parecido com ela, por entre os soldados. Os Céus desabaram, rompendo em um chamado, mais de temor do que certeza:

— Maria Quitéria!

Mais por reflexo do que obediência, o soldado Medeiros se virou. Em pouco, os olhos do pai a alcançaram, assim como as mãos, e ela foi levada pela farda para o coche. Tentava se desvencilhar dele e da vergonha da humilhação.

Não tardou para que o furriel João José e outros dos colegas aparecessem e impedissem passagem até que fosse explicado o que ali acontecia.

— Pois é minha filha! Devia tê-la posto num Convento quando pude!

Os olhos do soldado Medeiros, repletos de lágrimas, foram enchendo o peito do furriel e não demorou para que ele empunhasse sua arma e exigisse que o sr. Gonçalo deixasse a moça em paz. Não teve como esconder a revelação, escarrada em espanto na face dos soldados.

— Quem há de cuidar disso é o major. Será ele quem decidirá — afirmava o furriel, sem qualquer sinal que deixaria Gonçalo destratar Medeiros.

— Que mundo é este que vocês defendem em que um pai não tem mais direito sobre a própria filha e que qualquer mulher veste farda de soldado?!

Ao perceber que suas palavras não tinham surtido efeito e que o cano continuava apontado para seu rosto, o sr. Gonçalo exigiu que fosse levado ao oficial responsável.

O Major Silva e Castro, então, diante daquele pai que se achava acima da guerra, considerava, em silêncio, o que seria melhor como um todo. Pelo que entendeu, a jovem, exímia atiradora, muito bem treinada e referência dos superiores, havia corajosamente cortado os cabelos e se vestido de homem para entrar em uma guerra na qual acreditava, o que demonstrava muita determinação. Havia também muita coragem, pois era claro que se o pelotão descobrisse que estava sendo enganado por uma mulher poderia levar a situação ao cabo da forca, ou poderia exigir que servisse a tropa à força — o que provava que ela tinha mais colhões do que muitos ali. Era sabido que não havia como o major ou outro oficial protegê-la, bastavam os problemas de brigas com os negros, índios e todo o resto para que ainda se preocupassem com um soldado mulher. A questão era que aquele soldado era o que tinham de melhor.

Percebeu que não teria o apoio do major que, calado, escutava o pai, e o sr. Gonçalo se prontificou a perguntar à filha o que ela achava que estaria fazendo ali, uma vez que a criara para cuidar da casa e dos irmãos.

Ela deveria ser ele. Isso era claro, como era também que ela não se via fazendo qualquer outra coisa fora dali.

— É acertado o que o meu coração e minha alma desejam, para o que a vida me preparou: a guerra.

Algo puxou o major dos próprios pensamentos.

— Como pai, prometo ao senhor que cuidaremos de vossa filha. Iremos colocá-la numa tenda à parte dos soldados e verei o que mais posso garantir pelo seu bem-estar, mas não posso abrir mão do nosso melhor atirador. Sinto muito. Estão em falta bons soldados como a vossa filha. A maioria é preguiçosa, não sabe pegar numa arma e nem cavalgar. Afora os vários que aqui chegam e amputam os dedos das mãos ou dos pés para não precisarem se alistar. O fato de vossa filha ter se alistado como homem, a despeito de todos os contras, prova que estamos diante de uma heroína. — E apontou a abertura da tenda, mostrando que não iria dar brecha ao sr. Gonçalo; esperava que tivesse sabedoria suficiente para entender a importância, quase histórica, do gesto da filha, porém não poderia esperar muito, pois eram poucos os que conseguiam enxergar a História enquanto ela estava sendo escrita.

Durante toda a conversa, o furriel João José se postou na entrada da tenda, com a mão na arma e os ouvidos atentos ao menor som de perigo para Medeiros. Ao vê-los sair, manteve a atenção e terminou por escutar:

— Meu pai, preciso da vossa bênção.

— Pois saiba que aqui morre o seu pai. Está à sorte do mundo.

Não haveria de ser o contrário para quem se torna herói. Faz parte da jornada, e aquela foi ali iniciada, quando o soldado Medeiros se revelou Maria Quitéria de Jesus, nascida em 27 de julho de 1792, em Licurizeiro.

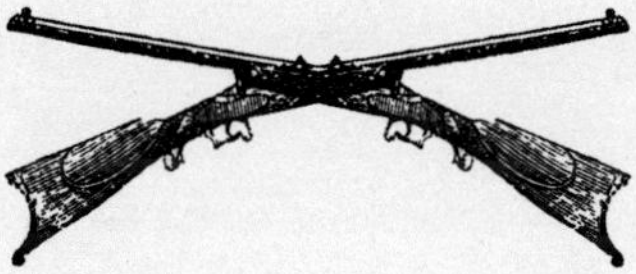

Maria Leopoldina

PARABÉNS, Ó, BRASILEIROS

Rio de Janeiro – Outubro de 1822

Ao saber que vão de carruagem aberta até o Campo de Santana comemorar o vigésimo quarto aniversário de Pedro, Leopoldina preocupa-se. Não tanto por si. É pelo bem-estar da pequena Maria da Glória, que estará com ela e com Pedro. O temor não é pela iminência de um ataque. Bonifácio e os outros ministros comentam que por todo Brasil se comemora a Independência e seus nomes são louvados — ainda que haja resistência em algumas partes do Norte. É a saúde da pequena que a preocupa. A infanta progride nos estudos, sendo preparada para ser a herdeira do pai, uma vez que Leopoldina ainda não concebeu mais nenhum menino — apesar de a esperança existir nessa nova gestação. A chuva, no entanto, poderia ser prejudicial, e não cabe em seu peito outra perda. Fora difícil tanto para ela quanto para Pedro ficar no leito de morte do infante João Carlos, observando-o convulsionar até que seu corpinho não aguentasse mais. Leopoldina já havia se assustado com Pedro nos primeiros anos de casada, quando, certa noite, ele caiu no chão do quarto, debatendo-se. O corpo perdia a cor e a respiração saía difícil, como se os pulmões estivessem prestes a sucumbir. O susto fora maior do que o medo do mal que o afligia — ocultado pelo Marquês de Marialva na época dos arranjos nupciais —, o que levaria Leopoldina a se preocupar ainda mais com a saúde do amado e suas saídas noturnas.

Após alguma relutância, Leopoldina é convencida de que Maria da Glória precisa estar ao lado dos pais para que todos vejam e se enterneçam com o casal Imperial. É a primeira vez que eles sairão em coche aberto para a população saudá-los desde a Independência declarada.

Na carruagem, sente o marido disperso. No garboso traje de gala, que o deixa mais bonito, ele acena ao povo e, ainda assim, parece perdido em algum pensamento que não é ela. Também não parece ser a preocupação com o que pode vir a seguir, muito menos a guerra nas províncias do Norte. Desde que voltou de São Paulo, Pedro se afastou e, desta vez, ela acredita que possa ser por causa de outra mulher. Seu coração sabe disso do jeito que só as mulheres o sabem, ainda que a sua mente lógica tente desfazer o desassossego.

A chuva fina esconde as lágrimas de Leopoldina e um sorriso simples a faz acenar em concordância com aqueles que foram para as ruas receber o casal imperial. Está insegura. É uma insegurança doída, daquelas com que a nova guarda imperial não pode lidar. Procura pensar em outra coisa, olhar para os lados, focar nos três cavalariços que estão com eles, cada um representando uma raça brasileira — um índio, um negro e um mulato. Pedro, juntamente com seus assessores, havia decidido as cores do país que nascia, seus símbolos, e até mesmo os acordes de um hino que compusera em cima de um poema de Evaristo da Veiga.

Ao chegarem ao Campo de Santana, uma multidão os espera, acena, grita, clama por eles. São levados para a sacada que havia sido construída para a aclamação de D. João VI — o que é a História senão uma grande ironia?! É ali que, diante de todos, Pedro aceita o título de Imperador Constitucional e 101 tiros de canhão são dados em seu nome.

Leopoldina pode imaginar que a movimentação atrás de si é para os preparativos da coroação e da Constituição. Pedro quer que sejam eleitos os responsáveis pela sua escritura, o que é uma boa ideia, apesar de temerária, uma vez que sente uma bipartição política, escondida sob o mármore da Maçonaria. Não se pode mencionar o nome de Ledo e de Bonifácio na mesma frase e isso faz com que ela tema pelo futuro do amigo e do país. Não é seu papel, no entanto, levar isso a Pedro, por mais que ela dê sua opinião e seja escutada — ou melhor dizendo, não seja refutada de imediato. Agora, porém, com o distanciamento dele, Leopoldina acredita que nem mais ouvida ela será. Uma mulher sabe quando perde o coração de um homem: o distanciamento começa pelos ouvidos e, por último, na cama.

A chuva é incessante, assim como a vontade de chorar que vai empapando o peito de Leopoldina. Separada de Pedro, ela é enviada à capela imperial sob uma salva de flores, atiradas das sacadas dos velhos e desbeiçados casarios. O chão de terra batida e pedras colocadas pelos músculos escravos vai se transformando num lamaçal de pétalas pisoteadas, onde algumas pessoas escorregam.

Um susto! Um dos guardas quase cai do cavalo por uma passada errada de sua montaria, mas ele consegue segurar o animal e o medo de um ataque se desfaz. A patrulha das ruas e a demissão dos soldados portugueses têm trazido algum conforto aos moradores da capital, mas ainda estão sobressaltados. Há quem diga que senhoras da sociedade enviam joias e pertences aos amigos que vão para a Europa ou para o interior. A própria Viscondessa do Rio Seco havia escondido as joias em papelotes e deixado a prataria espalhada pela casa, à mostra, para que, no caso de uma invasão de saqueadores, eles se distraíssem com as peças.

Leopoldina respira fundo. Precisa pensar no povo que lhe acolhe tão bem e parar de gastar a mente com o que terá acontecido com Pedro em São Paulo, para tê-lo tão transformado. Seja o que for, ficou em São Paulo, pensa — o que se provará uma mentira, em breve.

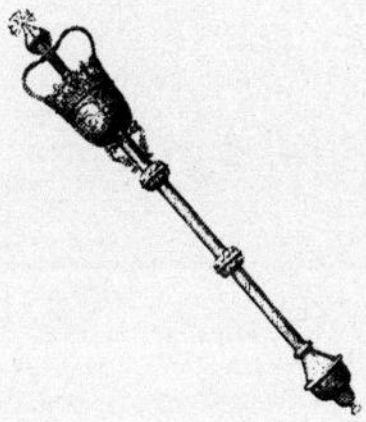

Maria Felipa

ARRE-DIABO!

Itaparica – Outubro de 1822

Não há mulher que, de berço, não saiba como seduzir um homem. É natural, tal como o é para os homens esquecerem uma mulher. Ao menos, é assim que se cose o pensamento de Maria Felipa e de outras tantas Marias como ela, que se unem numa empreitada alinhavada por debaixo dos oratórios, aos pés dos coqueirais, nas reuniões das lavadeiras ou nos encontros das amigas de costura. Devem ser trinta mulheres, talvez um pouco mais. A maioria é jovem porque a própria Maria Felipa considerou que as velhas demais poderiam mostrar a enganação. Ainda assim, aceitou a ajuda, pedindo que aguardassem o seu sinal para agirem em um segundo momento. Também não contou a João, pois ele ou outro homem poderiam não entender o artifício daquelas guerreiras que vão à luta com as armas que têm.

Havia alguns dias que os marinheiros portugueses estavam acampados na areia da praia, guardando posto e atirando em quem muito se aproximasse. Não estranharam, contudo, quando um grupo de mulheres surgiu junto ao cair da noite.

São muitas mulheres, de cores e tamanhos diversos, algumas mais feias do que outras, algumas mais ricas do que outras. Em roupas mais leves, daquelas que chamam a atenção por mais mostrarem do que esconderem, chegam rindo alto, falando, querendo atenção.

Não são muitos os marinheiros e rapidamente fazem as contas. Tem muita mulher para pouco homem. A pedido de uma delas, fazem sinal ao vigia em uma canhoneira ali próximo, a Dez de Fevereiro. Pede que venham aproveitar aquela festa que elas prepararam com aguardente e cestas repletas de peixes e as mais diversas frutas e variadas hortaliças. Não há de se estragar a boa recepção àqueles heróis portugueses que vinham proteger o povo dos impiedosos rebeldes. Para os marinheiros um pouco mais desconfiados, a "insistência" se faz por meio de toques mais calorosos, de palavras assopradas aos ouvidos: "Não há de ser guloso e querer tudo para si."

Não demora para que outros marinheiros embarquem nos escaleres e pousem nas praias. São recebidos com sorrisos, beijos e alegrias que lembram até algum mito de sereia.

O grupo vai se ajuntando no entorno das tochas fincadas na areia.

Uma música começa. Com as mãos nas cinturas, as mulheres vão lançando seu feitiço, algumas com mais gingado do que outras, mas todas ardentes e desejadas. Dançam o batuque. Puxados pelas fardas, os marinheiros vão se aventurando, tal como seus antepassados, maravilhados com as "negras da terra". Algumas delas, para instigar os homens a se despirem, levantam as saias, abaixam os decotes. A aguardente vai de boca em boca entornando. As frutas são apreciadas, ainda mais por aqueles que não comem regularmente há alguns dias.

Maria Felipa, no meio do festejo, esfrega-se num lundu frenético. Vai tirando as roupas do marinheiro de sua competência. As roupas atiradas são juntadas no meio da areia.

A embriaguez se faz ao som da música excitante e daquelas mulheres deslumbrantes que tão bem os recebem. Dessa vez, no entanto, eles hão de querer esquecer o que ali acontecerá.

Animados como poucas vezes, tanto tempo no mar, pouco tempo em terra, os portugueses vão se entregando às carícias, aos beijos, ao jeito livre daquelas sereias de areia. E, sem perceberem, as roupas vão desaparecendo. Algumas cobertas de areia, outras atiradas ao mar, uma parte escondida pelas senhoras que ali ficaram para ajudar.

As mulheres mais intrépidas buscam beijos, riem, se apegam. As mais tímidas disfarçam com bebidas e comida, rindo e brincando. E, quando os marinheiros acham que a festa vai começar, cada mulher tira de um cesto um ramo de folhas de cansanção — conhecida como arre-diabo. Achando que serão benzidos como nos mandos dos orixás, eles se entregam, nus, de braços abertos àquela dádiva terrena.

O primeiro toque da urtiga na pele causa dor. Acham que as mulheres bateram com força e, em pouco, eles são atacados por estaladas de cansanção. Os infligidos corpos se queimam, bolhas brotam na pele, é imediata a dor lancinante e nem a água do mar ajuda. Quase não se tem força para contra-atacar, e os poucos que tentam são chicoteados por aquela maldição. Algumas senhoras, escondidas atrás da restinga, pulam batendo as folhas. Os marinheiros descobrem que não só estão pelados como desarmados. Alguns tentam retornar, ainda que a nado, à canhoneira. É aí que o espetáculo se faz.

Os vigias do barco português haviam sido abordados por algumas mulheres numa canoa que, "apiedadas", foram até ali para diverti-los. Pois como os da terra, terminaram rendidos pelas folhas de cansanção e obrigados a se atirarem no mar para não explodirem junto da canhoneira.

Sim, iluminando os céus noturnos, transformando em dia a linha do horizonte, a canhoneira explode e a noite é vencida por algumas horas.

Os portugueses ainda tentam, em meio à imolação, se vingar, mas os cestos viram armas, os peixes transformam-se em peixeiras de mantear baleia, e elas correm, selvagens, gritando e atacando. Um grupo de pescadores, que as acobertava de longe, surge com armas, paus e pedras e mostra com quantos pescadores se faz uma canhoneira explodir.

Não demora para que os portugueses se rendam e sejam entregues ao grupo de João das Botas. Maria Felipa ganha o reconhecimento do amante; desta vez, no entanto, as palavras vão além da conversa de travesseiro.

Com o apoio do grupo armado, aquelas sereias de areia, luzes de Itaparica, conseguem seduzir os marinheiros da barca Constituição, fundeada em frente à praia do Convento, em 12 de outubro, e tecem uma nova aurora com folhas de cansanção, benzendo aquele novo ano que começa mais cedo para a ilha.

Maria Quitéria

MARIA VAI À GUERRA

Pituba – Outubro de 1822

A estratégia do General Labatut não era inovadora, já havia sido usada pelos próprios portugueses no passado, contra os holandeses, mas é na repetição da História que se fazem as histórias — ou seria o contrário? Dividida em duas frentes, uma para guardar Pirajá e outra para cuidar de Itapuã, o exército brasileiro assim fecharia a estrada das boiadas e impediria que comida e comunicação chegassem a Salvador.

O Pelotão dos Periquitos, do soldado Medeiros, que fora guarnecer a Ilha da Maré, segue então para Itapuã para se juntar à Brigada comandada pelo Coronel Felisberto Gomes Caldeira. E é na Estrada da Pituba que são surpreendidos pelos portugueses numa emboscada. Maria Quitéria — cujo único enfrentamento que havia conhecido era o dos próprios colegas, alguns mais enganados do que outros, alguns admirando-a e outros xingando-a porque mulher não serve para guerra, e das acompanhantes dos soldados que cozinhavam, lavavam e cuidavam dos feridos — consegue sentir o sangue correndo mais rápido nas veias e a nuca esquentando.

Sob os primeiros balaços, ela se atira ao chão. Sobre ela, um corpo a protege. Reconhece a voz que assopra em seu ouvido para que fique abaixada. É o furriel João José.

O que ele não sabe é que Maria Quitéria não havia ido à guerra para ficar abaixada. No primeiro momento que sente o corpo dele se afastar do seu, segura sua arma com firmeza e rola para uma área em que terá proteção enquanto prepara o tiro. Desde menina, quando aprendera com seu pai a atirar, ela tem a arma não só como extensão do corpo, mas da própria alma. Respira fundo e sai de si. As bolotas que levantam poeira ao lado pouco lhe causam. Ela não está lá, quem está é a arma. Segura a respiração e mira. O dedo aperta e o cheiro de pólvora explode no rosto. Respira. Os olhos observam com frieza anatômica. Acertou na perna de um soldado português que levantava uma espada contra Gabriel.

Ele fora colocado em seu pelotão e, desde então, ela não tivera mais qualquer paz. Arrumava briga tanto com quem olhasse muito para ela, quanto com os que faziam piadas que ele acreditava irem contra sua honra. Mais de uma vez havia sido preso por ter batido em outro soldado e teria sido dispensado se homens fortes como ele não estivessem fazendo falta.

Os olhos claros de Gabriel a alertam de que precisa recarregar. Rápido. Na sua direção apontam uma baioneta, e ela teria sido furada se suas habilidades não fossem as melhores e ela atirasse no meio do rosto do homem. O sangue quente espirra na sua face, desenhando uma mortalha que não é a sua. Não há tempo e nem vaidade que a impeçam de armar o próximo tiro. É natural, é guerreira, sente que é feita para aquilo porque não há tempo para pensar.

Assim era Maria Quitéria, rápida de criança, pulando cerca, correndo atrás das galinhas, nadando no riacho à porta de casa, fugindo do touro bravo e cavalgando no pelo. Todo o seu amor pela liberdade a afastara das salas de estar, mas isso não a impedia de ser inteligente, nem que fosse graciosa. Chamava a atenção com seus longos cabelos negros caindo soltos até a cintura fina e os olhos negros delineados pela força do olhar escuro enfiado no meio de faustosos cílios. Os gestos comedidos, de moça de família, podiam ser vistos à mesa. E não havia de desagradar quem fosse senão pela rebeldia que aflorava ao discutir com a madrasta na frente dos convidados, ou sair pelo descampado para caçar.

A mãe de Maria Quitéria morrera quando ela tinha apenas nove anos, o que a obrigou a cuidar dos dois irmãos mais novos. Ainda que o pai tivesse contraído segundas núpcias com uma moça, cujo carinho materno era equivalente ao que havia perdido, novamente ficou órfã de mãe. Crendo que poderia ser algo maior, o pai vende o sítio e compra uma fazenda na Serra da Agulha, em Rio do Peixe, começando uma criação de gado e algodão. Em pouco, o sr. Gonçalo casou-se uma terceira vez e teve outros cinco filhos. Maria Rosa de Brito, no entanto, era o oposto da madrasta anterior. De personalidade forte, não admitia ser contrariada, muito menos por moças que ficavam a andar descalças pelos cantos, assobiando, trepando em árvores, montando cavalos de pernas abertas e caçando pequenos animais para as refeições.

Foi após uma caçada que Maria encontrou o mensageiro enviado pelo Conselho Interino de Vila de Cachoeira. Montava o cavalo quando, contra o horizonte colorido do cair do dia, a sombra do cavaleiro se fez. Largou a arma ao notar que não era índio, estando por bem demais vestido. Ele a cumprimentou com um aceno de cabeça e seguiu rumo à casa dela. Maria o seguiu, cabelos ao vento, atravessada na cela feito homem. Mal pisou na varanda e escutou o pai, na sala, recebendo o visitante com a amabilidade comum na região — se conhecesse um pouco mais o sr. Gonçalo Almeida, o visitante entenderia que era porque se vestia bem, montava um cavalo de raça, tinha as feições nobres e todas as indicações que não era um lavrador como outro qualquer.

O homem agradeceu a simpatia e, antes que pudesse revelar a razão para estar ali, foi convidado para jantar. Não se sentiu apto a recusar uma segunda vez ao se embriagar com o perfume da comida que ia tomando a sala em que era recebido. Pequena e simples, com móveis bem cuidados e piso de lajota vermelha, aquela sala era mais composta do que a maioria dos casebres do entorno. Fazendo-se à vontade, brincando com os filhos pequenos do sr. Gonçalo, contava alguma coisa de si ao perceber que chegava a moça que havia visto cavalgar. Ela lhe cumprimentou com um gesto de cabeça e se retirou para os confins da casa. Só reapareceu quando foram sentar-se à mesa. Estava fresca, como quem havia se lavado, e os cabelos estavam presos numa trança longa que rodava a cabeça, deixando-a com a aparência mais velha, ainda que bonita. Não notava qualquer semelhança entre ela e a dona da casa, mãe das crianças, levando a crer que poderia ser sua madrasta ou terem outra relação. Ao escutar o velho lhe chamar de filha, teve certeza da primeira suposição.

Jantaram farinha com peixe e alguns adendos a que deu pouco caso, pois estava mais preocupado em fazer o que tinha de fazer do que em degustar a culinária local. Aguardou o final da sobremesa para começar:

— Vivemos num Brasil rico e grandioso, querido por tantos outros países e reinados. Nossa História não mente: franceses, espanhóis, holandeses, quem não quis um pedaço de nossa terra? Chegou o momento de podermos nos beneficiar do nosso próprio suor e de nossas próprias riquezas, sem termos de entregá-las a outrem. Falo de Portugal, da tirania das Cortes, da humilhação de termos que retornar a um país escravizado. Não. Precisamos ser independentes. Sermos um reino próprio.

O sr. Gonçalo, com as mãos cruzadas sobre a mesa, escutava aquela apresentação tão bem ensaiada para, por fim, em vez de aplaudir como fazia a maioria, questionar quem seria a governar o Brasil.

— Quem mais senão aquele que melhor nos quer? Aquele que preferiu ficar na nossa terra a voltar a de seus antepassados? Que entregou a coroa em prol de nossa Liberdade?

— Pois o Príncipe Regente é português. O que garante que não irá repassar o Brasil ao pai? Ou o que acontecerá quando se tornar rei de Portugal?

— Entendo a vossa preocupação. É natural. É certo que isso ainda demorará a acontecer. Temos que pensar no presente, na impossibilidade de retornarmos à condição de colônia de um país que, perdoe-me a expressão, é lamentável. Quanto à Princesa Leopoldina, é uma mulher inteligente, arquiduquesa da Áustria, criada para reinar ao lado do real esposo.

— Não acredito que tenha vindo até mim apenas para enumerar os benefícios de uma independência ou elogiar os príncipes. O que vossa senhoria deseja?

— Precisamos de apoio.

— Não tenho dinheiro para investir numa guerra.

— Armas.

— Nem munição.

— Homens? Filhos dessa bela nação? — Os olhos desconcertados procuraram varões entre mulheres e crianças.

— Meu filho mais velho morreu na infância e o outro é muito pequeno para pegar em armas. E eu mesmo sou velho demais para andar meio quilômetro sem perder o ar.

— Quiçá um escravo?

— Ora, essa! — Gonçalo bateu na mesa, assustando a todos. — Que interesse tem um escravo em bater-se pela Independência do Brasil? O que ainda pode lhes dar ideias... — Ao perceber sua atitude, procurou se acalmar. — Acho muito interessante o que o senhor disse e prometo levar no coração, mas prefiro aguardar o resultado dessa guerra, aceitando como um pacífico súdito o vencedor, seja quem for.

Ia terminando a conversa no andar do licor para digestão quando Maria Quitéria o interrompeu:

— Senhor meu pai, deixe-me ir. Posso ajudar. Sou a melhor atiradora da região. Sei montar cavalo como poucos e conheço quase todos os caminhos do Recôncavo. Muito posso ajudar nessa guerra.

— Arre! — Deu um novo tapa na mesa, derrubando a taça de licor. — Mulheres fiam, tecem e bordam, não vão à guerra, menina.

Tendo dito isso, a filha guardou para si aquela resposta, no entanto, impediu que a sua vontade de agir fosse também guardada. Esperou que o pai indicasse uma rede na sala para o hóspede poder descansar antes de seguir viagem ao raiar do dia e perguntou a ele, mais uma vez, o porquê de não poder lutar. Impaciente, o pai simplesmente a ignorou, trancando a porta do quarto sem janelas que dividia com as irmãs.

Deitada em sua cama, Maria Quitéria ainda escutou o pai dar a volta na casa. De braços cruzados, sentia-se oprimida por aquela teimosia paterna, da qual só haveria um jeito de escapar — e não seria se casando. Ao amanhecer correu para a sala de jantar para dividir o desjejum com o pai e com o visitante. Sem muito, perguntou onde estava sendo feito o alistamento. Chamou-lhe a atenção ser em Cachoeira, a poucas léguas dali. O pai, distraído em se despedir do visitante, não reparou que todo o rosto de Maria Quitéria havia se iluminado com aquele pedaço de informação.

Com a madrasta, no entanto, não teve a mesma sorte:

— Não seja tola, menina. Vosso pai já disse que mulher não serve para a guerra. Só para os afazeres domésticos. Apesar de, conhecendo vosmecê, acredito que nem isso. Não é homem e nem mulher. É mesmo bicho do mato.

Odiava Maria Rosa. Odiava com tanta força que não era mais capaz de ficar naquela casa com ela. Sua voz a irritava, assim como seus passos, sempre arrastados por alguma gravidez. Preferia se ver longe dali do que chorar na sua frente.

Tomando seu cavalo, Maria Quitéria rumou para a fazenda da irmã casada, não muito distante dali. Apesar de ser filha da madrasta e alguns anos mais nova, Teresa era o mais próximo que Maria Quitéria considerava como família: havia carinho, entendimento, respeito e cumplicidade. Nos braços de Teresa contou da visita, replicou a fala do homem e o quanto queria poder participar daquela guerra. Sentia que era um chamado — ou estaria ficando louca?

— Se não tivesse marido e filhos, por metade do que você diz, eu me juntaria às tropas do Príncipe Regente.

A resposta de Teresa foi o suficiente para que Maria Quitéria juntasse coragem e, com a irmã, planejasse uma maneira de chegar a Cachoeira e se alistar sem que soubessem da sua verdadeira identidade.

— Se é preciso ser homem para estar na guerra, serei um.

Entregando uma tesoura e as madeixas nas mãos de Teresa, Maria Quitéria deixou que lhe cortasse as melenas e a ajudasse a amarrar os seios de uma maneira que não seriam percebidos por debaixo das roupas masculinas que haviam pegado no armário do marido de Teresa, o tal José Cordeiro de Medeiros.

Vendo-se diante do espelho do quarto do casal, Maria Quitéria sentiu, pela segunda vez, o coração ardendo no peito. Sensação que a seguiria até o fim daquela guerra.

Maria Leopoldina

NÃO TEMAIS ÍMPIAS FALANGES

Rio de Janeiro – Novembro de 1822

Foram cinquenta dias da Proclamação da Independência para que um dos temores de Leopoldina se revelasse. Um dos poucos amigos com quem pensava poder contar, com quem podia conversar sobre minerais e suas fascinantes descobertas nas caminhadas pela Europa, pedia demissão. Ao ser informada, Leopoldina correu a Pedro e pediu que fossem à casa do ex-ministro — talvez a única maneira de o dissuadir daquela ideia estapafúrdia. Precisavam de Bonifácio, e Pedro concordava. Por mais que suas orelhas começassem a pender para os lados daqueles que tinham desavenças com o velho Andrada, entendia sua importância em todo o processo de Independência.

Ao chegarem na casa de Bonifácio, que ficava na praça do Rocio, foram recebidos pela esposa do velho Andrada, uma senhora irlandesa de muita compostura. Não demorou para que Bonifácio saísse de seu escritório para receber aquelas ilustres visitas. Havia algum constrangimento, afinal era incomum receber os imperadores. Seria mais apropriado que ele fosse convocado para uma audiência no Paço. Ainda assim, o ex-ministro não se enterneceu com a visita e firmou a posição de antes: não iria voltar.

Havia algo, porém, que fez com que Leopoldina insistisse numa nova tentativa no dia seguinte, a qual teve o mesmo efeito: "Agradeço, mas não será possível." Talvez Bonifácio fosse mais parecido com ela do que Pedro poderia suportar. Não tinha paciência para lapidar egos — somente para ter o seu polido. A terceira visita aconteceu e, desta vez, ele não estava em casa. Pedro, já certo de que o melhor seria deixar de perturbá-lo — quiçá um pouco injuriado pela forma com que era tratado, por mais que sentisse um carinho pelo patriarca, tendo-o visitado diversas outras vezes para se aconselhar —, foi-se ao encontro de certa pessoa em Botafogo.

Leopoldina, determinada a ter Bonifácio ao seu lado novamente e a assegurar o bem-estar do Brasil, assim se sentindo mais tranquila, resolveu esperá-lo — o quanto fosse. Aquela era sua nova batalha.

As horas adejam. A Sra. Narcisa não sabe mais o que servir à Imperatriz. Chá, docinhos, bolo, toda uma gama de quitutes que pediu a um dos criados a correr à rua e trazer. Quando já não há mais o que fazer, mordendo os lábios de consternação, mentalmente maldizendo o marido e desolada pela noite que caía na janela atrás de si, a imperial visita se levanta do sofá de palhinha. Para o estranhamento da senhora irlandesa, Leopoldina pergunta se seria possível ver o escritório do amigo.

A esposa atende ao inusitado pedido — tão pequeno e curioso, um pouco intrusivo, mas menor para quem estava esperando havia mais de duas horas. Indica o caminho ao gabinete. Apesar de ter um par de janelas, o cômodo parece abafado pelos vários castiçais com velas espalhados sobre livros e papéis. Não há como negar que é o lugar de um homem de estudos. Há algumas estantes de madeira sobre as quais se encontram pedaços de minerais. Estão em exposição, juntamente ao material de pesquisa. Leopoldina, maravilhada com aquele pequeno pedaço de intimidade, encontra a si mesma depois de tantos anos distante. Quisera ela poder ter sido uma mineralogista da Corte vienense, em vez de passar o resto de seus dias definhando ante a crescente indiferença de Pedro. Seu peito aperta ao se lembrar das dezenas de caixas e baús com peças de pesquisa, mineralogia, fauna e flora que trouxe consigo ao cruzar o Atlântico e que nunca lhe foi permitido abrir. Resta a ela alguns livros, romances menores, e alguma conversa com as poucas pessoas que tinham um mínimo de interesse nas Ciências Naturais.

Sobrevoando os livros e objetos, acaricia-os como se estivesse fazendo carinho em si mesma. Os olhos claros vão transbordando a cada toque de sua mão, inchada pela gravidez, e cessam sobre a fita verde que havia dado a Bonifácio. Encontra-a amarrada a um pequeno medalhão sobre a mesa de trabalho. Inclina-se diante da imagem e se reconhece.

É impossível, com a pele clara que tem, não corar com a descoberta daquela afeição secreta. Não há à vista retrato de Pedro para que possa alegar que se trata apenas de respeito pelos novos imperadores.

Volta-se para a Sra. Narcisa sem saber se tem como explicar o que se poderia supor e o que a sua presença parece confirmar. A senhora irlandesa não está surpresa ou constrangida. Parece saber da mesma maneira que Leopoldina sabe que outra está tomando o coração de seu amado Pedro. Talvez o fato de seu rosto estar em brasa prove. É preciso esclarecer que não há nada e que sua presença é pelo bem do

Brasil — ainda que se sinta confortável com o amigo e tenha saudades de ter com quem conversar mais abertamente, mesmo que pouco.

Desculpa-se sem saber pelo que, enrolando o português, tentando algumas palavras em inglês, e tudo o que consegue é ficar ainda mais desconexa quando Bonifácio surge na porta do escritório. Ele está tão surpreso com aquela visita quanto ficará depois, ao descobrir que ela havia passado o dia à sua espera.

Não demorará muito para que a esposa os deixe a sós e Leopoldina o convença a voltar. O fato de estar em seu escritório, com os olhos em lágrimas, teria sido o suficiente. O velho Andrada não aguenta ver mulher alguma chorar — assim como o seu Pedro.

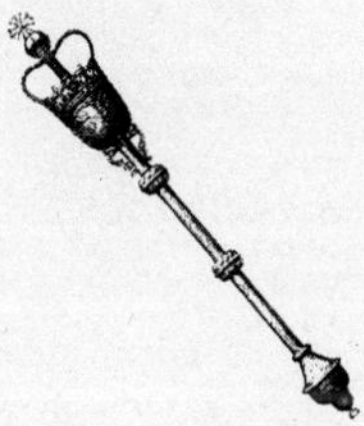

Maria Felipa

APERTA O CERCO

Itaparica – Janeiro de 1823

Não basta a cal das terras de Itaparica para erigir Salvador. É preciso seu sangue para mantê-las de pé. Isso teria sido dito por Maria Felipa, ou talvez João, ou talvez por qualquer outro herói que as marés do Tempo apagaram, e cujas ondas mexem os corpos dos quinhentos portugueses mortos nos confrontos em suas areias. O tecido da saia de Maria Felipa espana os cadáveres espalhados, benzendo-os perante a Morte. Dá a volta, volta e meia dá. Mulheres e crianças reviram os corpos atrás de algum item que possa ser vendido e que não seja necessário no túmulo. Dentes de ouro são desencravados com a faca de mariscos. Nem Maria Felipa, nem ninguém do povoado parecem temer a perseguição dos mortos. Ela nunca teve medo do ofício das almas, na Semana Santa, com rezadores em longas túnicas brancas, arrastando correntes, tocando matracas, açoitando-se pelas ruas de Salvador, convocando as almas para descansarem em paz. Havia rido, inclusive, ao saber das mulheres de Saubara que, vestidas de branco feito alma penada, vagavam pelas ruas e assustavam os soldados portugueses, fazendo-os baterem em retirada daquela vila "amaldiçoada".

Maria Felipa também não acredita em sortilégio, sacrilégio — apesar de temer as horas abertas, evitando rezas e usando alguma proteção —, e a única unção que conhece é a de óleo de castor que passaram em sua mãe ao desembarcar, ainda criança, de um tumbeiro. Como muitos, Maria Felipa não conhece a história dos seus antepassados, apagada a um mar de distância. Os seus inimigos, aparentemente, são os mesmos. Mortos aos seus pés são os elos dos grilhões que os prendem a Portugal. Falam nos discursos que o Brasil é escravo e que seu mestre será derrotado, o que faz Maria Felipa, entre outros, pensar enquanto passa a saia na cara da Morte.

O povo de Itaparica **já** havia provado sua força contra os invasores de Francisco Coutinho, não haveria de ter saldo diferente.

O tabuleiro da baiana estava esvaziado e Salvador rugia de fome. Os canhões dos fortes, que não alcançam Itaparica, estavam silenciosos, guardavam a munição. Todo Recôncavo estava cercado por tropas brasileiras e, por mais que os batalhões portugueses tentassem furar o bloqueio, eram derrotados. Pirajá ainda festejava vitória junto ao corneteiro Luís Lopes que, propositalmente ou não, havia tocado o comando de avanço de cavalaria e degola no lugar do de retirada — como havia sido o ordenado. O "erro" fora um acerto, levando as tropas portuguesas a fugirem e perderem a formação que ganharam em horas de batalha incessante.

Restava **às** tropas de Madeira de Melo o apoio pelo mar, mas demoravam para chegar os suprimentos de Portugal — ainda correndo o risco de serem naufragados pela flotilha de João das Botas.

Itaparica por si só é terra rica. Fornecia frutas, animais e farinha a Salvador antes da guerra que se arrastava há quase um ano. Local para entrada e saída de embarcações na Baía de Todos os Santos, e desague do Rio Paraguaçu, entrada para o Recôncavo, é um ponto estratégico fundamental. Subir o Paraguaçu significa chegar na comida e caminho para destruir as vilas comandadas pelos rebeldes. A própria Maria Felipa se aventurara por esse trajeto, diversas vezes, em canoa. Levava e trazia mantimentos e armas por debaixo de montes de fumo de rolo e frutas. Próximo ao corpo, carregava a sua peixeira de mantear baleia e mantinha o olhar pregado nas margens.

Ao raiar do ano de 1823, os portugueses tentaram a sua quinta invasão a Itaparica. Seus habitantes haviam se provado fortes, destemidos e inteligentes todas as outras vezes, sendo preciso a cobertura da Marinha portuguesa. O Almirante Pereira de Campos capitaneia quarenta barcas, dois brigues, lanchas, canhoneiras. Ao seu sinal, chovem balas e bolinhas sobre o forte de São Lourenço.

Maria Felipa, junto **às** colegas de batalha, escondeu-se e aguardou os estrondos cessarem. O casario em que estavam ressonava aos estampidos, soltava alguma poeira no ar, mas nem se mexia. Uma ladainha, não muito distante, podia ser ouvida entre o zunido das balas. Regidos pelo padre, os mais velhos e crianças pediam proteção.

Os canhões se silenciaram, e os soldados portugueses desembarcaram e partiram para o confronto direto com os ilhéus — prontos, com armas fabricadas e barricadas, vestidos com o que pudessem lutar. Era cada um por si e todos repletos de medo.

Maria Felipa liderou suas mulheres. Peixeira numa mão, folhas de cansanção na outra e a voz de trombeta se projetando da boca, aquela filha de Iansã fez sua saia girar.

A batalha durou três dias.

Maria Felipa, na praia, cansada da batalha, anda por entre os corpos dos portugueses vencidos. O cheiro das laranjas e mangas brota no ar, acoberta o amargo das tripas e o salgado da morte. O zumbido dos animais se emudece ao som da primeira trovoada do ano. Maria Felipa ergue o rosto e a peixeira, ambos vestidos de sangue. Os raios apertam o céu, e a chuva é largada sobre a terra suja de guerra. O sangue vertido vai escoando para o mar. É sangue de maré. Sangue salgado que pinta o rosto negro de Maria Felipa. As gotas grossas e frias da chuva vão limpando o corpo de marisqueira que, com as armas ainda empunhadas, grita aos Céus a sua vitória sobre a Morte.

Maria Quitéria

A GUERRA AVANÇA

Itapuã – Fevereiro de 1823

O vento sopra a favor do Brasil até estagnar com o ar pesado da guerra. O embate entre os portugueses e o Pelotão dos Periquitos se intensifica e não há como Maria Quitéria ficar resguardada, para trás, cobrindo os seus companheiros. Por melhor que seja sua pontaria, demora para reabastecer a arma. A artilharia vai zunindo no céu, explodindo ao lado. Se não avançarem sobre os inimigos, tudo terá sido em vão e perderão a posição em Itapuã. É preciso tomar a frente, avançar sobre a trincheira inimiga.

Não enxerga onde está o seu superior. A fumaça da batalha, da pólvora e da poeira sobe e um paredão se faz por conta do vento que para de soprar. São instantes. Ouvira sobre o feito do corneteiro Luís Lopes em Pirajá. A história havia marcado tão forte seu corpo e mente que é como se dentro de si escutasse: "Cavalaria, avançar e degolar!" Corre para frente, gritando, com um grupo de soldados que a segue. Mas ela não sabe disso, porque nunca se importou se era seguida ou não. Tinha um dever a cumprir e o faria. Pula na trincheira. Sem temor. Pousa e bate com o cabo da arma no rosto do português que lhe apontava a baioneta, em dúvida se atirava ou não. O rapaz, de nome apagado pela História, ficara confuso pelo fato de, por cima das calças brancas, ela estar vestindo um saiote à *highlander* — igual ao que Maria havia visto em uma gravura na tenda do Major Silva e Castro. Comentou-se a respeito da presença de mulheres nos pelotões brasileiros, mas o raso português nunca imaginou que elas estariam também à frente, pulando na trincheira, aos gritos de independência, à cata da morte.

Com o português caído, o soldado Medeiros — como prefere ser chamada — atira contra outro que vinha em defesa do companheiro. Prepara o novo tiro quando é surpreendida por um ataque de sabre que lhe lasca o ombro. Sem tempo de gritar, escuta o homem explodir em choro e cuspir sangue. Haviam lhe transpassado a ponta de uma baioneta, que lhe é retirada com força maior que a entrada. O soldado português cai de joelhos, com os olhos virados, e dá um grito de dor antes de se deitar na terra vermelha da Bahia. Atrás dele, com olhos afogueados e sangue inimigo misturado à terra manchando o rosto e cabelos avermelhados, está Gabriel.

Não há tempo para agradecer. Zune um tiro que acerta Gabriel no ombro e ele cai. Maria ergue a baioneta e acerta no peito o perpetrador. Confere se está tudo bem com o amigo e o manda ficar abaixado. Na frente dele, fazendo-se de escudo, ela pega sua arma e atira em outro, correndo em sua direção.

Inconformado com sua imobilidade, Gabriel tenta preparar a arma para o próximo tiro, o que é um tanto difícil devido a dor e imobilidade do braço. Xinga, esbraveja, não aceita que está inútil, enquanto Maria Quitéria, erguida no meio da trincheira, junto ao grupo que a havia seguido, consegue fazer com que os portugueses se entreguem.

Em pouco ou nada Maria Quitéria lembra aquela moça tímida que, nas festas de São João, preferia ficar vendo o crepitar da fogueira do que dançar com os rapazes. Era de fazer fila a filha do Gonçalo, não só pelo poder econômico do pai, mas por sua beleza. As incessantes recusas dela, no entanto, foram gerando conversa e, em pouco, diziam que não gostava de homem. Gabriel não acreditava nisso, não apenas por ser seu vizinho, mas por ser aquele que sempre cruzava com ela quando ia à caça, conversando nos campos de algodão, e já a tendo espionado nadando no rio Cipó só de roupa de baixo. A teria pedido em casamento se já não se soubesse recusado pelo pai, que queria um pretendente de posses, e pela filha, que não queria perder a liberdade. Maria Quitéria não era para se casar, havia lhe confidenciado Maria Hermenegilda; contudo, nada o impedira de chamá-la para dançar naquele São João de 1820. O rosto de susto e determinação de Maria Quitéria, embebido pela luz da fogueira, por ele nunca seria esquecido, da mesma maneira que nunca lhe falharia o dela lutando contra os portugueses, dois anos depois.

A bravura foi além da história e Maria Quitéria voltou ao acampamento com honras de heroína, tendo comandado o ataque à trincheira inimiga e feito prisioneiros. Seria citada na ordem do dia e receberia as honras de 1° cadete. O saiote escocês, rasgado pela batalha, era prova viva de que ela poderia lutar tão bravamente quanto qualquer homem, o que trouxe um novo olhar para as mulheres que acompanhavam os maridos e amantes, e para as vivandeiras, cansadas de serem postas de lado como algo menor.

Não havia, em todo o acampamento, quem não admirasse aquela mulher que batalhava ao lado dos homens com a mesma força e determinação — ainda que com algum medo, instinto natural da sobrevivência. Maria Quitéria ganhou espaço, e não teria quem a tirasse de lá. Era o símbolo que tanto buscavam. E era exatamente o que ela não queria ser. Era para ser somente o soldado Medeiros, e não um exemplo de brasilidade. Nem mesmo a sua condecoração pareceu merecida, uma vez que nenhum dos seus companheiros ganhou semelhante promoção.

Quando perguntada pelo furriel João José o que se passava, Maria Quitéria explicou que sua tristeza vinha da condição de ser uma mulher, que não era considerada um soldado como outro qualquer. Se havia cortado as madeixas e amarrado os seios, era porque queria ser igual e tratada em pé de igualdade. Não queria ter que dormir em tenda separada, ser vista como curiosidade pelos colegas de exército.

João José, que há algum tempo andava fascinado por ela, sonhara com o dia em que Maria o permitiria despir a armadura de soldado e deixá-lo enxergá-la por inteiro. Aquela fresta que ela havia aberto, ainda que pequena, o lembrou do que o fizera se apaixonar: a fragilidade perante os infortúnios, que não a limitava a continuar, e sim a fazia ainda mais forte e capaz.

A mão dele, que estava pousada no ombro dela, passou para a ponta das madeixas curtas. Os cabelos espessos e negríssimos começavam a crescer e seria preciso cortá-los novamente. O resvalo do dedo no contorno do rosto dela de imediato fez com que Maria fechasse os olhos e a boca abrisse num resfolegar de prazer de quem nunca havia conhecido um toque de carinho.

O soldado Medeiros despiu a armadura por completo e deixou que Maria Quitéria se abrisse para ele.

À cata de um beijo, o furriel abaixou-se na altura dela. Maria Quitéria nunca havia sido beijada antes, em seus trinta anos de vida. Havia, no entanto, a vontade de saber como era. Queria também não ter de se preocupar com nada além de sentir. Conhecida como "mulher soldado" pelas vivandeiras, por elas era escarnecida, mas era nas entrelinhas das provocações que sua curiosidade era aguçada: "Não sabe o que tem entre as pernas", "Será que já pegou numa espada de verdade?", "Dizem que tem boa pontaria, será que é assim certeira na cama?", "Quem cavalga cavalo, cavalga gente fácil, mas esta parece nem conhecer o buraco em que se esconde", "Quem a vida quiser verdadeira, é fazer-se uma vez vivandeira".

O prazer do roçar dos corpos a enchia de gozo, ainda que ambos estivessem em camisa, no descanso da tenda dela, aguardando o momento de uma nova luta. A batalha se fez entre seus corpos ao se desfazerem das vestes enquanto os beijos tomavam as peles quentes e doloridas de desejo. E foi nos braços do furriel João José que Maria Quitéria se encontrou mulher e aceitou o pedido de casamento que viria logo a seguir.

Se alguns comemoravam a beleza daquele amor feito com pólvora, terra e sangue, outros iam se desfazendo em frustração. Gabriel, à beira da tenda, arrumado e curado, vinha lhe entregar um buquê de flores de tecido feitas por uma velha vivandeira — orgulhosa da época das batalhas entre o Exército português e o de Napoleão. Ele queria agradecer-lhe. Maria Quitéria havia praticamente carregado Gabriel de volta ao acampamento e esteve ao seu lado durante toda a operação da retirada da bala em seu ombro. Ela igualmente não o abandonou na sua recuperação, contando e lembrando de momentos que viveram juntos nos anos anteriores.

Ao escutar os sons vindos de dentro da tenda, porém, imaginou o que ali acontecia, só tendo certeza ao ver por uma fresta. Maria estava nos braços de outro que não os dele.

Gabriel entendeu que havia perdido aquela guerra e foi em busca de conforto nos lençóis das vivandeiras e, por mais que não lhe cobrassem por causa de sua beleza, ele não conseguia aproveitar e evitar os tormentos que o afligiam. Fora um covarde ao não pedir Maria em casamento naquele São João de 1820, um covarde.

Maria Leopoldina

O RAIAR DA LIBERDADE

Rio de Janeiro – Abril de 1823

Parecia uma mentira de primeiro de abril, porém não poderia sê-lo se ainda a mentira não tinha data pontual, fazendo parte de todo o calendário. Em 1 de abril, a primeira esquadra brasileira sai do porto do Rio de Janeiro, rumo a uma batalha na Bahia. Liderada pelo famoso Lorde Cochrane, que derrotara Napoleão e o Império Espanhol nas Américas, a esquadra fora montada a muito custo e supervisionada pelo Imperador em pessoa. Leopoldina, já próxima de dar à luz, preferiu não o acompanhar ao notar a maneira como tratava os trabalhadores. Pedro era impaciente, temperamental, chicoteava-os como se escravos fossem. Já bastava à Leopoldina o horror ao tráfico humano, ainda teria de presenciar aquilo?

A questão da escravidão era uma das afinidades que tinha com Bonifácio, e um dos motivos de disputa entre o ministro e seus inimigos políticos.

Ela e Bonifácio concordavam que a Constituição deveria versar sobre o fim da escravidão, ainda que gradual, mas isso significaria perder o apoio político da maioria, e não era hora de estar fragilizado, explicava Pedro.

Sua presença, no entanto, se fez necessária após o estabelecimento de uma certa senhora no Rio de Janeiro, numa rua no Estácio, que começava a atrair comentários maldosos sobre o casamento dos imperadores. Aguardou os dias de resguardo após o nascimento da infanta Paula Mariana e resolveu se juntar ao marido nas inspeções e comemorar a compra do brigue de dezoito canhões Caboclo, adquirido com o dinheiro das arrecadações junto aos brasileiros e aos que queriam a Independência do país.

A sorte estava lançada aos marinheiros. Por questões que iam além do irrisório, tanto os marinheiros brasileiros quanto os portugueses e os ingleses, contratados por Felisberto Caldeira Brant Pontes, discutiam entre si. Leopoldina, impedindo que Pedro puxasse o chicote de cavalgar e resolvesse a briga da pior maneira, tentou entender a desavença. Os brasileiros reclamavam que os ingleses bebiam demais, e os portugueses reclamavam que os brasileiros eram preguiçosos, e os portugueses eram tidos como safados pelos outros dois grupos. Misturando inglês e português, Leopoldina tentou acalmar os ânimos e explicar a situação. Os homens do Norte estão acostumados a beber, os portugueses sabem bastante sobre navegação, e os brasileiros estão ali para aprender. A princípio, as diferenças foram acertadas e os trabalhos continuaram até zarparem para Salvador no primeiro dia de abril.

Um mês depois, os navios se tornaram campos de sabotagem dos marinheiros portugueses. Os marinheiros da corveta Liberal e dos brigues Real Pedro e Guarani se recusaram a lutar contra a Marinha Portuguesa ao atingirem a Baía de Todos os Santos. A Pedro I, capitaneada pelo próprio Cochrane, teve o seu depósito de pólvora trancado para não ser usado pelos brasileiros. Era um pesadelo em forma de esquadra. Cochrane teve mais batalhas dentro dos seus navios do que contra a imensa artilharia portuguesa. Os canhões funcionavam mal, as velas podres rasgavam ao menor vento, os marinheiros não sabiam, ou não queriam, lutar. E Cochrane teve que desviar a rota. Uma batalha direta seria o fim da sua carreira como o temido *Le Loup de Mer*, tão respeitado pelo próprio Napoleão. Seria melhor ficar estacionado próximo à baía e impedir que navios portugueses se aproximassem, assim fechando a entrada de suprimentos de Portugal. Essa estratégia, ao acaso, tornou-se uma jogada de sorte. Salvador estava sitiada por terra e, agora, pelo mar. A comida e a pólvora escasseavam e a guerra estava prestes a terminar. Claro, não antes que Cochrane capturasse quase todas as embarcações e dois mil prisioneiros entre os dezessete navios e 75 barcos mercantes que fugiram da capital baiana antes dos meados de 1823, mas essa história ainda há de ser contada.

Maria Quitéria

A MORTE ENCONTRA MARIA

Lagoa do Abaeté – 1823

A data se perdeu na História, devastada pelo Tempo e pela Memória. Resta apenas a sensação do que teria acontecido — ou não. Às vezes é isso que a saudade causa: dúvida e ilusão.

A Maria de sessenta anos está na sua rede, a fumar o charuto após a refeição. Balança e analisa o Tempo que não parece passar. É a bonança após a viração. Apesar de não ver mais nada, porque está cega, enxerga as mudanças do mundo. Não se sente mais parte dele; cega e cansada, gastara os olhos ao mirar e atirar — acha que a cegueira é proteção de Deus para que não leve mais vidas.

Entre os vaivéns da rede, impregnando a memória com o cheiro do charuto, que muito lhe lembra o de pólvora, vai se entregando ao passado. Não se arrepende do que a História contou, nem de ser considerada heroína — apesar de saber, dentro de si, que um herói de verdade morre em vez de matar, mas deixa essas definições para os filósofos. Tudo o que Maria Quitéria gostaria de ver e sentir, na sua rede, é a última noite que teve ao lado do marido. Nem a filha e nem os netos parecem lhe confortar a falta que ele faz.

O Major Silva e Castro havia sido específico quando pediu doze voluntários para verificar se era mesmo verdade que um grupo de soldados portugueses estava na altura da Lagoa do Abaeté. Se era história ou não, Maria Quitéria prontificou-se a aceitar a incumbência. Era preciso continuar provando o seu valor e calar as harpias das vivandeiras.

Desde que se casara com o furriel João José diante de Deus, do capelão e do comandante, sentia que os outros soldados não mais a admiravam. Havia dedos, mesuras, e algo que ela identificava não mais como respeito, e sim como fria educação. Ela e qualquer outra esposa de soldado eram tratadas da mesma maneira, e não gostava nada disso, porque não era a esposa de um soldado: era antes um soldado do que esposa. O furriel, seu marido, não se incomodava com isso. Não esperava que Maria lhe lavasse as roupas ou fizesse a comida. Era ele quem, muitas vezes, acabava fazendo por ela. Por amor. Somente.

Por questões mais do que óbvias, João José resolveu ir junto. Não tão óbvia, porém, foi a ida de Gabriel. O amigo de Maria notara que o furriel não era um grande lutador e que poderia haver mais perigos do que os imaginados, uma vez que o Major não pediria voluntários se não fosse perigoso.

O comandante não estava inclinado a aceitar Gabriel. Tinha um histórico não muito agradável. Fora punido por insubordinação mais de uma vez, e outras tantas por responder aos seus superiores.

Também sofrera chibatadas por ter esmurrado um tenente — que teria brincado com a integridade de Maria. Não eram levadas em conta quatro brigas com outros soldados e duas acusações, nunca comprovadas, de roubo no jogo de cartas. A reputação ia sendo corroída e, quanto mais distante ficava de Maria, pior era. Desde que ela se casara, Gabriel buscava briga para se esquecer da dor de vê-la e não poder tê-la. Era suportável perdê-la para a guerra, mas era insuportável perdê-la para outro homem.

Os problemas de Gabriel no Exército, entretanto, vinham desde o dia em que havia sido capturado, feito escravo e forçado a se alistar, sob ameaças de morte. Ainda que tivesse se recusado — e, à causa disso, foi torturado no tronco e, depois, pela chibata —, "aceitou" ao avistar, quando preso aos ferros e tendo as feridas salgadas, Maria Quitéria. A filha de Gonçalo estava em trajes de soldado e segurava uma carabina.

Colocado no Pelotão dos Periquitos, só pudera se aproximar algum tempo depois, na emboscada na Estrada de Pituba. Estava determinado a protegê-la e não seria diferente nessa nova missão.

Durante o caminho até a Lagoa do Abaeté, em meio à escuridão caída, guiados pelas cigarras e pelo chilrear dos pássaros noturnos, Gabriel aproveitou para parabenizar Maria Quitéria e João José. Evitara-os até se sentir fortificado o suficiente para poder lhes falar sem perder o ar ou a língua travar.

Maria Quitéria, ao contrário do marido, pouco falava aquela noite. Tinha sobre os ombros um urubu invisível que lhe pesava a vida. Em algum momento, chegou a mencionar algo sobre o sonho que tivera. Uma índia aparecia à beira d'água e apontava o horizonte. Não conseguia ver mais do que fumaça e cheiro de pólvora misturado ao de enxofre. A impressão havia sido tão intensa que, ao acordar, benzera-se e rezara o Pai Nosso.

Um dos voluntários que os acompanhava começou a contar sobre os mistérios que rondavam as águas escuras da Lagoa do Abaeté. Pisar em suas águas era ser tragado para o Inferno. Gabriel ria dessas coisas e João José nem atenção dava, já Maria Quitéria se arrepiou e arregalou os olhos, assombrada. De pequena costumava dizer que enfrentaria toda uma tribo indígena, mas não poderia com o Boitatá e nenhuma criatura sobrenatural. Sua mãe achava que era graça e, querendo saber o porquê, ficara surpresa com o que a filha revelara: se tratando de outras pessoas, poderia feri-las; no caso de lobisomem ou fantasma, não haveria o que fazer senão fugir.

Num mundo de mistérios, esses monstros infantis ainda rondavam a noite sob as ordens do Diabo, sempre atentos às horas-abertas. Maria não tinha conhecimento de que horas deveriam ser. A noite tinha uma meia-lua e, se não fosse pelas tochas que carregavam, não enxergariam os próprios pés.

Se havia sido essa a estupidez, ou a de estarem conversando, não é possível saber. Foi rápido. Nem tinham se posicionado atrás da duna, ou de alguma árvore, e veio o primeiro balaço, atingindo o braço de João José. Maria Quitéria, desestabilizada ao ver o membro do marido pendurado no ombro por um pedaço de tecido, se atira ao chão com um zunido. Debaixo de Gabriel escuta os tiros, os gritos, o inesperado cheiro de enxofre que brota das águas da lagoa. Gabriel sai de cima e a ajuda a se levantar. Demora a localizar o amigo. Não vê o marido. Ela mesma não se acha até encontrar sua arma enfiada na areia. Tem tempo para um par de tiros e escuta Gabriel gritar a retirada. A areia dificulta os movimentos, tanto de luta quanto de fuga. Desorientada, Maria percebe algo quente escorrendo pela sua cabeça. Pensa ser o sangue de Gabriel. Toca a própria testa e dói. Havia sido atingida de raspão e por isso estava tão fora de si, andando como num sonho, à beira d'água.

Uma mão a puxa e Maria Quitéria é levada de volta ao acampamento. Não percebe como chegou, nem ela e nem os seis soldados que voltavam com vida.

Demorou para que, possuída de si, questionasse o paradeiro do marido. E foi Gabriel, visitando-a na recuperação, quem lhe deu a notícia. João José nunca foi encontrado, seu corpo teria sido engolido pela lagoa — talvez uma oferenda para o ganho da guerra. À flor da terra deixado, sem lápide ou exéquias, enterrado no fundo do peito da esposa que mal tinha se acostumado com os braços do amante.

E foi nos braços do amigo que Maria chorou.

Maria Leopoldina

ASTUTO ARDIL

Rio de Janeiro – Junho de 1823

Os gritos ecoaram pelo palácio. Não. Não é outro filho que nasce. Não é Leopoldina que, apesar da enorme vontade de gritar, o faz. Não. São vozes masculinas. Também não são invasores. A rebelião no Norte está quase finalizada, e apesar de Leopoldina estar mais preocupada e soturna, todos estão mais contentes e esperançosos de que as coisas melhorarão.

Não, os gritos são de socorro. Terá Pedro tido outro acesso? Com o constante estresse causado pela reunião da interminável Constituinte, as brigas políticas e a necessidade de montar um país, não duvidaria. Não. Passos caminham junto aos gritos. Corridos. Capengas.

Leopoldina prepara o emocional e pede que as aias levem as filhas para outro cômodo. Guarda o caderno de escrita que Maria da Glória veio lhe apresentar e ajeita o vestido amassado. Faz a única coisa que cabe a uma mulher do seu tempo: esperar. Está mais gorda, mas isso não é um problema. Prefere o rosto mais cheio, as curvas sem espartilhos. A solidão também está forte e teme que possa estar ficando louca e ouvindo vozes. Às vezes tem sonhos com sua tia-avó Maria Antonieta caminhando por um jardim, a gritar que os sans-culottes estão vestidos de sangue. Leopoldina não dorme bem. Sabe que Pedro não passa a noite no palácio, preferindo a cama de sua amante. Também ouviu alguém murmurar o nome da mulher que estava virando a cabeça do seu Pedro: Domitila. Os outros parecem evitar falar dessa na frente dela, já Pedro não parece se importar, deixando escapar algumas vezes. Se o faz para seu tormento ou não, ela nem sabe mais. Estão todos muito ocupados e ela muito triste, carregando uma rocha sedimentar em seu peito.

Os gritos se avizinham e ela vê que levam Pedro para o quarto dele. Sim, nem mais dividem a mesma cama.

Todo o corpo de Leopoldina se contrai e ela põe a mão sobre o ventre. Pedro está ferido. Corre pelos corredores do pequeno palácio de paredes vazias e decoração pobre, se comparada aos faustosos salões do Hofburg ou de Schönbrunn. Atravessa as saletas e entra no quarto. Há um grupo de pessoas no entorno do leito imperial e nenhuma parece se incomodar com a sua presença. Ninguém mais se importa com ela, como se fosse apenas a "obrigação", o par político do jovem imperador.

Pedindo passagem, Leopoldina se senta ao lado dele e toma a sua mão. Pedro está com roupas simples: túnica cinza, calças brancas e um lenço colorido amarrado de forma negligente no pescoço. Estava cavalgando pela cidade para ver, com os próprios olhos, o que acontece. Não gosta de portadores ou de ficar lendo boletins e despachos — deixa que Bonifácio e os outros ministros cuidem disso, passando-lhe apenas o mais importante. As roupas estão sujas e descompostas, de quem havia caído. Não seria a primeira queda — talvez tivessem já passado de trinta —, pois adorava aventuras e extravagâncias sobre o cavalo.

Um dos seus guardas avisa que ele caiu quando estavam chegando a São Cristóvão e que estava reclamando de dor na lateral do corpo. Outro explica que vinha muito veloz para um terreno tão íngreme e que a sela se soltou do animal.

Leopoldina exige a presença de um médico e que não mexam mais nele. Acariciando a mão do marido, aguarda. Pedro reclama da respiração e da dor. É possível que tenha quebrado uma costela. Leopoldina se levanta. Diante da demora do médico, ela mesma quer ir em busca de ajuda. Pedro pede que não vá e lhe estende a mão para que a segure e retorne ao seu lado. Toda a alma da imperatriz se inunda de alegria. Estaria voltando para ela, finalmente? Era esperado que um homem, ainda mais um imperador, tivesse as suas eventuais infidelidades, só não poderia suportar que ele a trocasse por outra, como Napoleão havia feito ao se separar da primeira esposa, Josefina, para se casar com Maria Luísa, a querida irmã da Imperatriz.

Talvez, se tiverem um herdeiro varão, Pedro fique mais próximo.

Ela retorna para o seu lado e beija a sua mão com a devoção de uma esposa ainda apaixonada.

Segundo o médico, o saldo foi de duas costelas quebradas a serem pagas com um longo repouso. Isso é tudo.

Leopoldina, que se divide em coordenar os estudos das filhas e participar de algumas reuniões do conselho e conversas com Bonifácio, também cuida de Pedro. Aos poucos, volta à vida, puxando para si todo o esplendor que havia perdido.

A cada dia Pedro está mais impaciente, irritado. Dois meses deitado naquela cama sem poder se mexer é demais para um homem que preza a agilidade, a locomoção, os exercícios — e as visitas à amante.

Leopoldina pensa que o perigo já passou, e vai às missas na igreja Nossa Senhora da Glória manter sua promessa e agradecer. Queria ainda ter a mesada que Portugal lhe dava para manter as obras de caridade e a esmola aos pobres. Nem mesmo os empréstimos que Schäffer faz em seu nome adiantam para cobrir toda a gama de pessoas que ela deseja ajudar. É preciso economizar, mesmo em relação à sua devoção. Talvez tenha sido isso que a puniu. Sim. Punida por não mais poder ajudar os desfavorecidos. Ao voltar da missa, encontra Pedro ainda deitado, imobilizado, e com uma carta na mão. Diz que está em alemão e que a única pessoa em que confia para lê-la é a própria Leopoldina.

A garganta fecha. Seria algum de seus credores exigindo que o Imperador pague as dívidas que ela fez para a caridade? Teme que Pedro, irritado como anda, possa perder a paciência e ela não quer vê-lo transtornado novamente. Ninguém quer.

Ele explica que a carta chegou por mensageiro anônimo, sob ameaça de morte se a carta não caísse nas mãos do Imperador.

A primeira coisa que Leopoldina faz é procurar a assinatura. Anônima. Não repara que não respira mais. Cartas anônimas nunca são um bom sinal.

O marido aguarda, ela limpa a garganta e, finalmente, solta o ar preso nos pulmões ao começar as primeiras linhas.

Não é novidade para José Bonifácio ser chamado ao quarto do Imperador desde o acidente há alguns meses. Às vezes é para despachos e atualizações do que se passa, às vezes é apenas para conversa entre dois amigos. Quando Bonifácio entra no quarto, de imediato nota a expressão de consternação de Leopoldina. Os imensos olhos azuis estão avermelhados e ela parece pressionar os lábios. Está numa cadeira ao lado da cama, postura ereta e mãos sobre o colo. Entre os dedos dela há um papel. Teria a saúde do Imperador piorado? Seria o primeiro a sabê-lo, por certo, pois os relatórios médicos iam primeiro para ele. O Imperador tem o rosto mais colorido e, apesar da imobilidade, está mais recobrado das forças, ao que parece. Antes que possa fazer qualquer comentário elogioso, o soberano explica o motivo de chamá-lo ali. O tom de voz e a formalidade já o levam a compreender o que ali acontece.

Haviam recebido uma carta anônima, em alemão, em que Bonifácio era acusado de, junto aos seus irmãos, mandar prender os opositores políticos dos Andrada sem qualquer prova.

Leopoldina nota que não há qualquer sinal em Bonifácio de que aquela acusação seja mentira. Sua expressão é a mesma com que entrou no quarto. Ela teme que seja verdade e que tudo o que havia dito a Pedro, alguns minutos antes de ele entrar, vá por terra. Bonifácio tem inimigos que o desejam em má posição e que fazem de tudo para que ele caia em desgraça com o Imperador. E se há alguém que quer uma República no lugar de uma Monarquia, certamente não é ele, que sempre foi defensor do modelo antigo. Tinha mais inclinação para Ledo e o seu grupo maçônico. Bonifácio, porém, não admite e nem desmente. Está em silêncio e com um dos braços atrás das costas — nem Leopoldina nem Pedro podem enxergar que em seus dedos está a fita verde presenteada pela Imperatriz.

Por fim, Bonifácio é direto ao explicar que sempre haverá aqueles que irão lhe acusar das maiores injustiças. Essa é a sina dos homens públicos.

Bonifácio pede para ver a carta, e Pedro faz um sinal para que Leopoldina lhe entregue. Após uma rápida análise e a constatação de que está escrita em alemão — o que o faz mais desconfiado ainda, pois não é uma língua comum a todos, como é o francês —, ele a devolve.

Sem poder refutar as acusações quanto às prisões — ainda que não as considere injustas ou arbitrárias como o alegado —, Bonifácio atribui a carta a quem tanto ele quanto a História acusariam de amoral e torpe: D. Domitila de Castro Canto e Melo.

Ao ouvir o nome da amante, Pedro zune. Pula da cama como se não estivesse mais convalescente. O aparelho que imobiliza as costelas quebra com a voracidade do gesto. Está de pé, gritando que Bonifácio não repita mais aquilo e nem pronuncie mais aquele nome, ou verá o que poderá lhe acontecer.

Leopoldina, assustada com a reação violenta, pede calma, mas Pedro parece não a notar. Não consegue ver nada diante de si, fervendo com o sangue espanhol da mãe nas veias.

Diante da nulidade de Bonifácio, Pedro atraca-se com a gola da casaca do ministro e tenta sacudi-lo, proibindo-o de pronunciar o nome "desta senhora". Fala com tanta raiva, trincando os dentes, que Leopoldina paralisa sobre o assento. Ela não consegue parar de tremer. Não teme mais Pedro e nem as eventuais atitudes estúpidas com as quais se acostumou. Seus olhos se enchem pois, após tantos anos de apoio político, fraterno e amoroso, descobre que o perdeu e para sempre.

Respira fundo e, por sua vez, coloca nos trilhos das veias o sangue austríaco. Tenta acalmar os ânimos, pede que Pedro se contenha e diz que tudo poderá ser esclarecido. Mas Bonifácio, também cansado das intrigas de Poder, não se sente apto a muito mais. Pede desculpas.

Leopoldina não sabe sobre o que se desculpa, imagina que não seja sobre a carta — uma falácia, por certo. Antes de concluir o próprio pensamento, ela escuta da boca do amigo a palavra demissão. Um buraco se abre, engolindo Leopoldina.

Ao sair do quarto, Bonifácio deixa cair para trás a fita de seda verde de Leopoldina. Ela é pisoteada e manchada pelo grupo de pessoas que entram no quarto do Imperador após escutarem a comoção. Estão todos em volta do jovem governante, pedindo que se deite, que descanse, e alguém fala em chamar o médico. Perguntam também à Imperatriz se ela está bem, pois parece pálida.

Ela não está lá. Não mais. Está só. Sem amigo e sem marido. Agora, o coração e a mente de Pedro dependem somente de Domitila. Parece fazer sentido o sonho com a tia-avó: *Les sans-culottes sont habillé en sang!*

Maria Quitéria

O SONHO DE PARAGUAÇU

Barra do Paraguaçu – 1823

Sonhos têm poder. Desde os gregos antigos, eram estudados como um diálogo entre o mundo terreno e o metafísico. Maria Quitéria não entendia de metafísica ou filosofia. Quanto aos sonhos, quase não os tinha. No entanto, após a morte de João José, sua mente despertou para o mundo onírico. Foi uma revelação que encheu sua alma de vigor em meio à perda que lhe afundava o espírito.

Havia visto nos sonhos uma índia andando na beira d'água. Era a mesma do sonho anterior ao ataque em Abaeté. Dessa vez, a índia era mais nítida, assim como as roupas antigas que usava para esconder as vergonhas. Algo nela dizia que era uma tupinambá e se chamava Guaibimpará — segundo a lógica dos sonhos e a ilógica da vigília. No meio de um redemoinho de areia, a índia parava e apontava para um estreito d'água. Ali, canoas com homens brancos, falando numa língua parecida com o português, aportavam e logo eram atacadas por um grupo de mulheres altas e robustas. Elas atiravam flechas, acertando, inclusive, o olho de um dos homens, que vinha mais à frente. Tentando entender aquele ataque, Maria volta-se para a índia. Ao choro de um bebê, o redemoinho se desfaz e, em seu lugar, surge uma velha usando túnica escura, com um bebezinho nos braços. Na beira da mente, escuta a mulher lhe falar: "Tem aqui Salvador."

O sonho havia tomado várias noites e a cada uma era acrescido um detalhe. Às vezes, estavam numa praia de areia alva e coqueiros, em outras, as vestes da santa pareciam as de uma freira; também achou ter visto anjos nas nuvens. Acreditando ser obra da própria imaginação, misturada ao ferimento na cabeça e ao luto, Maria Quitéria não deu atenção ao sonho, senão como algo que lhe fortificava a alma, apenas.

Numa manhã, cerzindo o saiote sujo de sangue — do qual não se desfez, nem quando ganhou um novo —, foi abordada por Gabriel. Ele mesmo a evitava desde Abaeté, sentindo-se culpado, quiçá egoísta ou invejoso do marido. Estava preocupado em salvá-la, dizia a si mesmo; não havia sido proposital, repetia; na confusão do confronto inesperado, na areia e na noite, não enxergou nada senão Maria Quitéria.

Ao querer saber dela, Maria começou a narrar o sonho constante que lhe tomava os pensamentos. Gabriel, que não era entendido de nada que não fosse plantação, disse que aquelas histórias muito se assemelhavam às que os antigos contavam, da época do Rei D. João III.

Pensava no marido, no ato simbólico do enterro do furriel e na condecoração ao falecido. Não fazia sentido, assim como não o fazia o fato de ela não saber nada sobre ele. Mexendo em seus parcos pertences, Maria descobriu que só conhecia o nome de João José e que vinha do sertão. Se tinha família, pais ou irmãos, morreu com ele. E o peso da culpa por não o ter salvado, ou morrido em seu lugar, cresceu, e Maria envergou-se nos braços de Gabriel, que lhe segurava o choro.

Não houve, no entanto, tempo para lamentos. Maria Quitéria aprendera que deveria engolir as lágrimas e prantear os mortos após o final da guerra. Era hora de limpar a farda, colocar o novo saiote que haviam lhe mandado entregar após a batalha em Itapuã, e partir numa missão. No entanto, algo de novo ela resolvera fazer, que substituiria o vazio da perda, mas era preciso voluntárias.

Há dois momentos na vida em que as pessoas se reúnem: ao nascer e ao morrer. Com a morte do marido, Maria Quitéria percebeu a aproximação das esposas dos soldados e das vivandeiras. Nos primeiros dias, elas se revezavam para arrumar a sua tenda, fazer companhia e levar comida. Em pouco, Maria se sentia parte delas como havia de ter se sentido parte da soldadesca, antes da revelação da identidade do soldado Medeiros. E foi no tecer da mortalha que confidências foram trocadas e Maria Quitéria se soube respeitada por ter enfrentado a todos em busca de igualdade — algo impensável para aquelas mulheres. Havia também descoberto que muitas delas haviam perdido parentes com a guerra, outras, tal como Maria, queriam fazer parte de algo importante em vez de esperar os resultados.

Ao escutar a ideia de Maria Quitéria e das mulheres do acampamento, o comandante J. J. de Lima e Silva pensou estar ouvindo uma daquelas histórias do Descobrimento, quando as expedições dos espanhóis, como a de Gaspar de Carvajal, se depararam com a tribo das Amazonas. Diferentemente do passado, ali não se apresentavam mulheres altas, belas e robustas. Muitas delas haviam passado da idade de pegar peso, e a maioria, "com o perdão da palavra", só servia para "fazer a cama dos soldados".

Tanto Maria Quitéria quanto suas novas companheiras pareciam irredutíveis. Vinham treinando tiro e algumas táticas com a própria Maria, e com alguns combatentes que acreditavam nelas — os poucos que não riam —, entre eles, Gabriel.

Foi a iniciativa do Capitão Victor José Topázio de se encarregar daquele grupo de combatentes que fez o comandante aceitar. E não demorou para que surgisse uma chance de elas provarem sua força e coragem.

Era simples: vigiar e atirar para o alto caso avistassem algum soldado português, e aguardar os Periquitos chegarem.

Ao perceber que eram muitos — estavam diante da última tentativa portuguesa de conquistar o Recôncavo —, Topázio as posicionou às margens do Paraguaçu e ordenou que atirassem para assustá-los e, assim, retardar o desembarque até a chegada do pelotão.

Os rumos mudaram quando, em meio a uma inesperada troca de tiros, o Capitão Topázio foi atingido. Ferido, ainda que não de morte, entregou à Maria Quitéria o comando. Ela e as demais mulheres, cujos nomes a História não guardou, decidiram que assustar era pouco perto do que queriam fazer. Haviam treinado para isso e estavam em maioria. Erguendo as armas sobre as cabeças, um grupo destacado, comandado pela própria Maria Quitéria, atravessou o rio com a água na altura dos seios. Encobertas por outro grupo de atiradoras, lutaram corpo a corpo e impediram o desembarque, afugentando os últimos portugueses que tentavam pisar naquelas terras.

Quando o Pelotão dos Periquitos finalmente chegou, o assombro era generalizado. Aquelas amazonas baianas haviam feito prisioneiros e, sozinhas, guerrearam contra os portugueses, expulsando-os. Também descobriram que as tropas lusitanas passavam fome em Salvador e que Madeira de Melo ia abrir as portas da cidade para que os moradores pudessem ir-se. A trégua não iria tardar.

Foi então que Maria Quitéria entendeu que seu fim estava próximo.

Sobre os ataques das bravas mulheres que empunharam armas com a bênção de Paraguaçu, restam apenas as lembranças no vaivém da rede de Maria Quitéria, a fumar o seu charuto ao entardecer da vida.

Maria Felipa

HEROÍNAS

Salvador – Julho de 1823

Não há festejos para filhos de santo, ainda que tivessem empunhado armas. Não há nem história a ser contada, ou ode a ser tocada. Nem herói e nem mártir. Nessa terra abençoada em que deus nasceu branco, trazido pelos missionários jesuítas, o santo também o é. Itaparica tem seus heróis. Conseguiu se manter fora do domínio português o tanto que os seus filhos foram corajosos. E eis que, entre eles, Maria Felipa se ergue no além-mar, além-tempo.

Os portugueses saíram na madrugada, na sinfonia dos cães e dos grilos. Fugiam das possíveis repressões da esquadra de Cochrane e dos exércitos de Labatut — heróis de nomes importados. Não se despediram após trezentos anos de dominação. Largaram a cidade, que amanhecia esfomeada, aos tambores das tropas brasileiras subindo as ladeiras de Salvador. Nomes eram gritados. Lenços acenavam dos casarios.

A molecada corria em meio à soldadesca esfarrapada e disforme, ainda que colorida pela pele — índios, pardos, negros e brancos, uma miscelânea que enriquecia a visão e animava o espírito da população. Arcos de flores foram levantados às pressas para marcar o caminho dos heróis da Liberdade, e o vigário Antônio José Gonçalves de Figueiredo foi receber aqueles trapos que ganharam a guerra por coragem e determinação, pois nada havia a seu favor — nem treinamento e nem equipamento.

Maria Felipa, como qualquer espectador, foi assistir aos fatos históricos dos quais participara como coadjuvante, ainda que tão ou mais forte do que muitos homens que lutaram na Guerra da Independência e que receberam reconhecimento por isso.

No meio dos militares, acompanhados de suas mulheres, em trajes comuns, havia uma moça de uniforme de periquito e com uma saia xadrez sobreposta. Maria Felipa achava ser invenção de João das Botas quando lhe contara sobre um soldado mulher, heroína de guerra — e viúva como outras tantas. A mulher estava junto do General Lima e Silva e do oficialato, sendo recebida pelas freiras da Lapa, à porta onde a sóror Joana Angélica teria sido morta pelas baionetas portuguesas.

Maria Felipa queria ver melhor a tal heroína. Montou os ombros e, aproveitando a corpulência e a voz alta, foi empurrando daqui e dali, xingando quem a empurrava de volta. A heroína não era nem tão jovem, nem tão forte, nem tão bonita, nem tão masculina.

Quando as freiras do Convento pediram para se inclinar para que fosse coroada com um véu de flores feito por elas, era perceptível a leveza dos gestos de Maria Quitéria.

A banda tocava, "vivas" eram dados, fogos de artifício iluminavam a festança na cidade baixa e nos casarões da alta. Ao som dos batuques e da alegria diante da conquista do maior reduto português, Maria Felipa só conseguia enxergar naquela mulher a expressão de tristeza debaixo da capa de herói. Talvez porque Maria Felipa pudesse entender o que Maria Quitéria havia enfrentado dentro de si para estar ali. Sabia também o que aconteceria com todas as Marias com o fim da guerra. Teriam que voltar aos seus lares e às condições de mulher. Mães, filhas e esposas. Não havia espaço para guerreiras e, muito menos, para questionadoras, como o era a própria marisqueira. Elas seriam caladas pelos mesmos homens que, naquela noite, as festejavam — fosse nos brindes do oficialato, fosse apenas nos braços do amor.

Maria Quitéria

CICATRIZES DA GUERRA

Fins de 1823

Daquele 02 de julho ficou na memória de Maria Quitéria a mancha do sangue derramado pela mártir Joana Angélica, à porta do claustro do Convento da Lapa. Entranhada na pedra, era a marca da verdadeira heroína. Era muito fácil, com a arma na mão e acobertada por outros, entrar num embate com a Morte. Difícil era se entregar à Morte sem qualquer escudo ou proteção senão a própria coragem de morrer.

Antes de sair do convento para as outras cerimônias e comemorações, Maria Quitéria se postou diante do altar e, com fé devocional — da qual parecia ter se esquecido durante a guerra, por se achar hipócrita ao pedir proteção para matar alguém —, rezou pela alma do marido, o furriel João José Luís.

Contudo, sua história ainda não acabara; não sem antes o herói ser condecorado. Em agosto, junto aos oficiais superiores, Maria Quitéria foi recebida pelo Imperador Constitucional, D. Pedro I, e pela Imperatriz, D. Leopoldina. Foi-lhe entregue a Ordem dos Cavaleiros da Imperial Ordem do Cruzeiro, e ela ganhou o soldo de alferes de linha, que lhe seria pago até o fim da vida. Quando se achava satisfeita das maiores honras, Maria Quitéria, menos soldado e mais filha, fez um pedido ao Imperador: uma carta a ser entregue ao pai, pedindo que a perdoasse por tê-lo desobedecido e fugido para lutar. Seu pedido foi atendido com o bom humor que era inerente a D. Pedro I, e prosseguiram as homenagens.

Seu jeito humilde, quase acanhado, ainda que delicado, chamava a atenção dos convidados. Nem parecia que ela era uma heroína, mantendo a singeleza dos gestos, a simpatia que lhe era característica e o charuto fumado depois do jantar em sua homenagem.

A própria Imperatriz a achava curiosa, mas não conseguia se aproximar para que conversassem, tendo que dar atenção aos oficiais mais graduados que lhe exigiam todo o tempo.

Ao perceber que Maria Quitéria havia comido pouco, Maria Graham, amiga e confidente da Imperatriz, perguntou o porquê. Com sua tranquilidade natural, a soldado explicou que gostava mesmo era de comer ovo e peixe com farofa. Ainda falaram um pouco de sua vida e suas aventuras. Hoje, o único registro que se tem da sua personalidade são as memórias daquele encontro, descritas no diário da preceptora inglesa durante sua estadia no Brasil.

Ao retornar para casa, Maria, ainda em vestes de herói, com a sua condecoração no peito, é recebida de braços abertos pelo pai e familiares. Não foi preciso cartas e medalhas para tamanha honra. Todos falavam da mulher soldado que havia derrotado os portugueses. Bastava ver o saiote e eles fugiam, contava-se.

Maria Quitéria é perdoada e recebe a bênção do pai no retorno à casa. É inevitável o seu constrangimento diante do abraço da madrasta, como se amigas fossem. Até aquele dia, nunca havia recebido uma palavra amiga, um gesto de carinho ou um olhar de cuidado. Eram duras críticas e tapas que ainda estalavam na alma da moça e que, de alguma forma, a levaram para a guerra. Ainda tem que recontar a história das batalhas, como são os Imperadores e desmentir outro tanto que anda se falando — como a história do dia em que escalara o forte São Pedro, com uma adaga na boca, e obrigara o General Madeira de Melo a se render. Teresa faz questão de lhe avisar que haviam dito que Maria Quitéria entrara na guerra por causa de homem. Não fica aborrecida com isso. Na sua recepção, tanto em Salvador quanto no Rio de Janeiro e em Cachoeira, aprendera que ela e todos sempre haveriam de ser histórias a serem contadas por alguém, ficcionais ou não.

Ainda que não fosse preciso qualquer homem para fazê-la entrar numa guerra, aceita que preferia ter ficado na guerra se isso significasse estar ao lado de João José.

A volta que o mundo dá, também deu para Maria Quitéria.

Retornada da capital havia alguns meses — ainda em bons termos com o sr. Gonçalo, mas já sentindo os efeitos do eclipse em Maria Rosa sob o sol abrasador do cotidiano —, recusou o convite de Teresa para morar com ela. Maria sabia que seria apenas um fardo para a irmã. Tanto Teresa quanto Maria Quitéria entendiam que ela precisava se reencontrar, como havia acontecido durante a guerra, seu tempo de liberdade, e que ficar em Rio do Peixe não a ajudaria.

É numa dessas andanças, após mergulhar no Cipó e ir caçar, que seu caminho cruza com o de Gabriel Pereira de Brito.

O amigo e vizinho, curado das mazelas — ainda que algumas marcas estivessem visíveis em seu corpo emagrecido pela guerra —, tentava reerguer sua fazenda que, depois de seu rapto, entrara em declínio. Era desesperador recomeçar, mesmo que tivesse guardado grande parte do soldo e dobrado outro tanto com a jogatina. Os três escravos que com ele viviam desapareceram junto das poucas cabeças de gado que tinha. Não sabia se foram cooptados para a guerra, ou se foram por vontade própria. Também não havia mais colheita, apodrecida nos campos.

Gabriel mal a reconhece com os cabelos molhados, compridos até os ombros, e as roupas femininas. Havia se acostumado às calças e cabelos curtos, rosto sujo de lama e charuto nos lábios. A única coisa que não parece ter mudado é a arma na mão e a impressionante concentração ao atirar. Que o mundo explodisse ao seu redor, Maria Quitéria tinha a alma no alvo.

Aguarda até que ela acerte a presa para, então, ir falar com ela.

Ao perceber no olhar dela o brilho da fogueira de São João, Gabriel derrete. Somente ele a entende e, sabendo de tudo o que passou, pode aceitá-la como é.

Reaproximam-se e, perto como estão, beijam as cicatrizes um do outro, fechando as que poderiam ainda estar abertas.

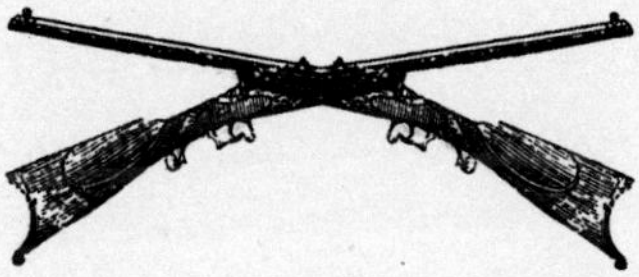